ブラック・シープ・キーパー

BLACK SHEEP
KEEPER

柿本みづほ

角川春樹事務所

目次

装画　みっちぇ（亡霊工房）
装幀　川谷康久（川谷デザイン）

ブラックシープ・キーパー

0

裂け目〈THE BIRTHDAY〉

すすきのの喧噪《けんそう》から離れてしまった今では、容赦のない冷気が肌を突き刺すばかりだった。

札幌《さつぽろ》の冬は寒い。

今年は根雪が遅いのか十二月の中旬でもまだコンクリートが見えている。だがあと二週間もすれば街は生命の気配を感じさせない白に塗りつぶされることだろう。

——夜の十一時五十分。

住宅街は相変わらずの臭気に包まれている。

段ボール箱を積み上げたような集合住宅群と、その汚らしさに見合わない最新のプロジェクション・サイン。取り分け目立つのは、アニメっぽい少女が端末機《T・C》ゲームの宣伝をしている代物だ。美少女の巨大ホログラムが上空で延々と踊っている。

派手なプロジェクション・サインとは裏腹に、住宅街は酷《ひど》く静まりかえっていた。

今夜は雨が降るとのことで皆家の中に引きこもっているのだろう。この季節には珍しく大雨になるとの予報だ。

「それで、白いワゴン車っていうのはどこを走ってんだ」

端末機《T・C》を耳に当て、斗一桐也《といちきりや》は夜の豊平《とよひら》を足早に突き進んで行く。桐也の纏《まと》う緊張感は、静かな住宅街には凡《およ》そ不釣り合いである。

端末機《T・C》から聞こえるのは緊張感に欠ける女の声だ。先ほどからずっと「うーんうーん」と呻《うな》っている。桐也の問いに返答することはない。

今風の若い男が酒の臭《にお》いをさせて住宅街を歩いている――それだけならば、さほどおかしなことでもない。どこかで飲んでいたのだろう、と人は思うはずだ。

実際、桐也はつい数十分前まですすきので飲んでいた。

厳密に言うならば女性を口説《くど》き落とし、お持ち帰りされる寸前まで話が進んでいた。端末機《T・C》に届いた一通のメッセージが全《すべ》てをご破算《はさん》にしたけれど。

桐也は、一昔前の言い方をすれば「イケメン」に該当《がいとう》する男子だ。

アイドルグループで一番人気を獲得しそうな、整った目鼻立ち。髪の毛は金髪に染め上げているが生え際は黒い。少し大きめのピーコートは十二分に女の庇護欲《ひごよく》をかき立て虜《とりこ》にした。マフラーで口元を隠している様が妙に色っぽい。

今年で二十七歳だが、髪を金色に染めているせいもあってか若く見られやすい。桐也がターゲットにする女性は大抵《たいてい》三十代なので、持ち帰るというよりは持ち帰られることの方が多かった。

だが今夜は緊急の仕事が桐也の邪魔をした。むしろ助けられたと言うべきか。

今日すすきののバーで知り合った女は早々に〝刻印行動〟が完了してしまった。そのためわざわざ持ち帰られる必要もなくなったのだ。桐也にとってセックスは手段であって目的ではない。

つい先ほどまで張り付けていた〝嗜虐心《しぎゃくしん》と庇護欲をかき立てる年下男子〟の仮面はとうに剥《は》がれ落ちている。

今の桐也は札幌の闇《やみ》を生きる異能力者——羊飼いの顔をしていた。

「おい聞いてるのか、美鶴《みつる》。ワゴン車はどこだって言ってるんだよ」

『えーと、えーと、大分近いと思う。さっきDランク羊飼いが殺されたって情報が入ってきたの。その現場が三六線《さぶろくせん》の北。白ワゴンは真《ま》っ直《す》ぐ北上してるみたいだから、今きりやんがいる辺りは犯人に近いはずだよ』

「三六線から北上したって、三六線のどの辺りだよ。お前が言ってるのはつまり豊平全域ってことだぞ」

『分からないけど、とりあえずその辺りなんだって！　私の能力を信じてよ』

「信じられるかよ。Eランクだろお前」

端末機《T・C》からは癇癪《かんしゃく》を起こした子供のような声が聞こえた。

桐也が通話しているのは情報提供者——通称〝チャッター〟だ。名前は美鶴。桐也とは個人契約を結んでいる。チャッターとして得た情報を桐也だけに流してサポートし、桐也から報酬の一部を受け取るという契約だ。

普段は冷静な桐也も今日ばかりは焦っている。大きな仕事だからだ。

先ほど端末機《T・C》に羊飼厚生保全協会——通称羊協からメッセージが届いた。

【緊急】このメッセージは羊協《ようきょう》直属羊飼い、及び協会名簿に登録している全羊飼いに送信しています。

十二月十三日午後十一時十六分に、襲撃事件発生。北海道警察羊飼対策課が輸送していた羊協宛《あ》て荷物が奪取されました。犯人はカミマチ構成員とみられ、豊平区豊平方面へ逃走したとのことです。特徴は白いワゴン車、肥満の男と痩身《そうしん》の男の二人組。付近にいる羊飼いは至急捜索にあたってください。犯人の生死は問いません。

なお、犯人らが奪った荷物については「絶対に」中を確認しないようお願いします。

依頼内容詳細を確認したところ、賞金首一人頭五十万円という額がかけられていた。二人で百万。大金だ。

羊協からの緊急指令は札幌市内にいる全羊飼いに届いているはず。

こんな時間に豊平を歩いている人間はそう多くはないだろうが、うかうかしているとBランク以上の〝羊飼い〟がこの辺りに集まってくる。そうなれば賞金首の争奪戦だ。

高ランクチャッターが犯人の位置を特定するより先に、白いワゴンを見つけなければ。

「もうちょっと詳しく位置を特定できないのか。それでもチャッターの端くれかよ、お前」

『無茶言わないでよ。羊飼いになったのついこの間なんですけど』

「さっさと羊増やして能力強化しろ。他の連中が賞金首始末したら俺《おれ》もお前も報酬ゼロだぞ。死ぬ気で働け」

『死ぬ気で働いたら羊がつるっ禿げになっちゃう。私、きりやんと違って羊の数多くないんだから。とにかく近いはずだから、あとは探して！』

「お前もうチャッターやめて帯広《おびひろ》に帰れ」

『帯広馬鹿にしないでよ。きりやんが普段口にしてる小豆、多分帯広産なんだからね！……とか冗談言ってるけどさ、気をつけてねきりやん。Ｄランクって言っても羊飼いが殺されてる。相手はカミマチ構成員だ。最悪、誰《だれ》かが来るのを待っても……』

「他のヤツと賞金を山分けするのはご免《めん》だ。それにもう遅い。——白いワゴン、アレだな」

美鶴からの返答を待たずに桐也は端末機《Ｔ・Ｃ》を懐《ふところ》に戻した。

ヘッドライトが住宅街を更に明るく照らす。逆光になっていてはっきりとは見えないが、前方から近づいてくるのは確かに白いワゴン車だ。ここ数年で一気に普及し始めた電気自動車ではなく、ガソリンエンジンを搭載した旧型自動車である。

桐也は道路の真ん中に立ち、目を細めて車内の様子を見た。

運転席に座っているのはフードを被《かぶ》った肥満体の男。後部にいるのは目をギョロリと剝《む》いた骸《がい》骨《こつ》のような痩身の男だ。忙《せわ》しなくあちこちに視線を泳がせている。

逃走中のカミマチ構成員は肥満男と痩身男の二人組。

——間違いない。

運転手は桐也の姿を認識したようで、傍《かたわ》らを通り過ぎようと道路脇《わき》に車体を寄せた。本来ならば車二台が余裕を持ってすれ違える道なのだが、道路脇に置かれたゴミやガラクタが道路を〝両側一・五車線〟に仕立て上げている。

――犯罪組織の分際でお利口なことだ。

桐也はわざわざ通行人を避《よ》けようとしたワゴン車に対し、微《かす》かな嘲弄《ちょうろう》を漏《も》らした。

ワゴン車の運転手は桐也のことを一般人だと思っているのだろう。羊飼いは一般人に手を出さない。それはカミマチでさえ遵守する羊飼いのルールである。

だが生憎《あいにく》、桐也は一般人ではない。B+ランクの羊飼いだ。

懐からモデルガンを一挺《ちょう》取り出し、まるで本物の銃を構えるようにワゴン車のタイヤを捉《とら》えた。桐也の手には銃把《じゅうは》と一緒に十本ほどの釘《くぎ》が握り込まれている。ギラギラと光る新品の五寸釘だ。

モデルガンと釘。――普通の人間が見れば「正気じゃない」と一笑に付すだろう。

だがグロック17を模したモデルガンは確かに桐也の愛銃であり、五寸釘は優秀な弾だ。決して馬鹿な女を笑わせるための小道具ではない。

桐也はワゴン車のタイヤを狙《ねら》い、モデルガンのトリガーを何度も引いた。

カチ、カチ、と虚《むな》しい音が夜の闇に消える。

抜き忘れていたBB弾が数発発射されたが、勿論《もちろん》白ワゴン車を止める程の威力があるはずもない。ワゴン車は何の問題も無く桐也の側《そば》を通り抜け、夜の住宅街に消えていく――はずだった。

だが車は桐也の側を通り過ぎた直後、コントロールを失い近くにあった電柱に衝突した。スピードをあまり出していなかったため衝突というよりは停止に近かったが、ワゴン車が制御を失ったのは事実だ。

当然だろう。前輪がどちらもパンクしているのだから。

タイヤには五寸釘が突き刺さっている。代わりに、桐也の手にあったはずの五寸釘はいつの間にか消失していた。

撃ったのだ。

握り込んでいただけの五寸釘を、ただのモデルガンで。

ワゴン車のバックドアから痩《や》せぎすの男が慌てて降りてくる。死神のような顔に焦燥と苛立《いらだ》ちを張り付けた、気味の悪い男だ。羊飼いに襲撃されたとようやく理解したのだろう。

痩せぎすす男が左腕に抱えているのは大量のペットボトル。右手では一本のペットボトルを一生懸命に振っている。中身は炭酸水だろうか、随分と水泡が多い。

――水を媒介とする能力か。

桐也は距離を置き、再び釘を握り込んで男を捉えた。狙うは額《ひたい》だ。能力を使われる前に仕留めるのが望ましい。

トリガーを引く。――カチ、と乾いた音。

だが五寸釘が痩せぎすす男の額を貫くことはなかった。男が咄嗟《とっさ》にペットボトルで額をガードしたからだ。

「やりやがったなァ！　こうしてやる、こうしてやるからなッ」

男は何度も振ったペットボトルの蓋《ふた》を開け放ち、シャンパンのように噴《ふ》き出す液体を桐也に引っかけた。間一髪で全身にかかることは回避したものの、桐也の銃と右手は液体でべったりと濡《ぬ》れてしまっている。

——液体自体に何か効果があるわけではなさそうだ。ただの炭酸水か。

そう思った矢先。

「痛ッ、何だこれ……！」

桐也の右手に焼け付くような痛みが走った。

銃と釘が地面に落ちる。バラバラと音を立てて広がる釘はそれこそ本物の銃弾のようだ。

右手は目に見えて震えている。肘《ひじ》から指先にかけての動きも鈍い。酸をかけられたような激痛だ。

酸——いや違う。凍傷だ。腕が凍り付いている。

——液体を凍結させる能力を持っているのか。

「羊協の飼い犬め、何人来たって無駄だ、全部凍らせてやる」

男は次のペットボトルを一生懸命に振っている。その目つきは完全に勝ちを確信している人間のそれだ。

「俺の〈絶対零度の浸食《フロステイ・ケロイド》〉は最強なんだ、思い知ったか、この犬。思い知ったなら死ねッ、死んじまえ」

高らかに叫びながらペットボトルを振っている様は何だか滑稽《こっけい》だ。

だが、痩せぎす男の能力を身を以《もっ》て理解した桐也にとっては、執拗《しつよう》に振られているペットボトルはある種の爆弾のように思えてならない。

桐也は溜息《ためいき》交じりに懐へ左手をやると、煙草《タバコ》三本と拳銃《けんじゅう》型のライターを取り出した。デリンジャーを模した小さなライターだ。左手にすっぽり収まってしまうほど小さい。

「何だよ犬、最後に煙草が吸いたいっていうのか？　ダメだね。お前は全身凍り付いて死ぬんだ。ほら死ね、凍り付けッ！」

男はペットボトルの蓋を勢いよく捻《ひね》り、飲み口を桐也へと向けた。

だが炭酸水が噴射されることはない。

いいいいいいいいい。

何かが詰まっている。

「アレ、何で噴き出さないんだよッ。何だよこれ――たばこ。――最後の一文字が吐き出されることはなかった。

痩せぎす男は右目と額に五寸釘を食らい、何度か口を開閉させたのち後方に倒れ込む。地面に落ちた衝撃で詰まっていた煙草が押し出されたのか、今頃《いまごろ》になってペットボトルから炭酸水が噴き出し、痩せぎす男の体を濡らした。

右腕が瞬く間に温度を取り戻していく。

桐也は手を何度か動かし、辛うじて動くことを確認した。

羊飼いが死ねば能力も解除される場合が多い。〈絶対零度の浸食《フロステイ・ケロイド》〉は死後に解除されるタイプだったようだ。

——あとは運転手を始末するだけ。

銃を構え直し、運転席のドアを乱暴に開け放った刹那《せつな》——。

「後ろだぜぇ、兄ちゃん」

桐也の体は、横合いからの衝撃を受けて派手に吹っ飛んでいった。

運転席には誰も居ない。先ほどまで確かに居たはずの運転手がいなくなっている。

——どこだ。もう一人の肥満男はどこへ消えた。今の衝撃は一体。

「兄ちゃん面白い能力持ってるな。銃の形してるモンで色々撃ち出せるのかい？　え？　でも銃がねぇとダメそうだ。だからこんな危ねぇもんは——」

立ち上がろうとした矢先、桐也の右手にあった銃が蹴《け》り飛ばされた。

——何も見えない。だが確かに今蹴り飛ばされた感覚があった。

「こうしておくに限るぜぇ。これで何にも出来ねぇなあ、兄ちゃん。あとはオレ様に殺されるのを待つだけってワケだ」

桐也は銃を取り戻しに行こうとした。だがダメだった。

体が動かない。何か重たいものが上に乗っている。

——肥満男だ。

「……姿を消す能力か」

冷たい一声を受け、桐也の体の上で何かがぐにゃりと歪《ゆが》んだ。露《あら》わになったのは緑だ。全身に植物の葉を張り付けた肥満体の男である。

緑は体を揺すって笑うと、目元を覆《おお》い隠している葉を捲《めく》りあげて更に笑った。三日月に歪んでいる目は嗜虐と余裕の色を湛《たた》えているように見える。

「〈千変万化の緑《ハシツシユ・ディスガイジス》〉だ。草まみれになるのは難点だが、こうして敵の隙《すき》を突ける」

——どうしてカミマチの羊飼いはこうイロモノばっかりなんだ。

桐也は肥満男に乗られたまま軽く溜息をついた。

「痩せた方が良いんじゃないのか。ご当地キャラクターみたいになってるぞ、お前」

「言ってくれるぜ。どうせ殺されるからって開き直ってンのかい？　まあ殺すのは間違いないんだがね。ちょっとずつ首絞めて殺してやるぜぇ。麻で首絞めるような？　ン、違うか？」

「真綿《まわた》だろ」

「ははは、そうだった！　物知りだな兄ちゃん」

肥満男はゲラゲラと笑いながら桐也の首に両手をかけた。

仲間の痩せぎす男が死んでいるというのに、肥満男はさほど悲しんではいないようだ。カミマチ構成員は仲間意識が薄いと聞いていたが本当らしい。

桐也の懐にはまだ水鉄砲とライターが残っている。

だが〝銃の形をしたもの〟が媒介武器だと気づかれている以上、ライターも水鉄砲も手にした瞬間に破壊されるか、弾《はじ》き飛ばされるのがオチだ。肥満男は思いのほか素早い。

残る手段は一つ。

——〝羊〟に負荷がかかるが、仕方がない。

「物知りついでに一つ教えてやる、ご当地キャラ男。俺の能力名だ、知りたくないか？」

「おっ、いいねえ、教えてくれよ。あのガリガリ野郎がどんな羊飼いに殺されたのか報告しなきゃならないんだ。グループリーダーにな。まさかビリー・ザ・キッドが出たとも言えねぇしさ」

「どこの組織も首輪をつけられていて嫌になるな。同情するさ。同情するだけだが」

桐也は右手の人差し指と親指をピンと伸ばし、銃の形を作った。指の先が肥満男の眉間《みけん》に当てられる。銃口を押しつけているかのように。

銃。——確かに銃だ。

だが肥満男は笑うばかりだった。手で作った銃で攻撃するなど不可能だと考えているのだろう。実際不可能に近い。素手を〝媒介武器〟にするなど。

〝羊〟が相当数居るのなら話は別だが。

「悪いなご当地キャラ男。こう見えても俺はB＋の羊飼いだ。……この程度の無茶を通せるくらいには、羊を持ってる」

「は、お前、何を言って——」

「〈魔弾の射手《レライエ》〉」

直後、肥満男の眉間に五寸釘が深々と刺さり込んだ。

肥満男はぐるりと白目を剝き、その場に倒れた。

□

二人の顔写真を撮影し、羊協へと送信する。

夜の十二時半だというのに返事は早かった。いや、時間は関係ない。羊協は二十四時間営業だ。羊飼い達からの依頼達成報告を随時受け付けている。

登録番号〈S18477〉斗一桐也様
依頼達成報告を受理しました。ご協力ありがとうございました。報酬は本日午前九時以降に指定の口座にお振り込み致します。
なお、遺体及び運搬物はそのままにしておいて頂きますようお願い致します。すぐに道警羊対課が向かいます。

桐也は煙草の煙を溜息と共に吐き出し、端末機《T・C》を懐にしまった。

こんな深夜に予期せぬ重労働になってしまった。だが報酬百万は大きい。しかも独り占めだ。チャッターの美鶴に少し渡さなければならないが、それでも満足のいく収入である。他の羊飼いは今頃歯がみしていることだろう。

カミマチ構成員二人で百万。

金に渋いことで有名な羊協にしては相当な大盤振る舞いだ。荷物を盗まれたとメッセージにはあったが、百万をかけるほど大事なものだったのだろうか。

――荷物。そういえば荷物はどこにある。

「まさか、壊れてないよな……」

桐也はワゴン車に侵入し、中を確認した。

大した衝撃ではなかったにせよ、車は確かに電柱にぶつかっていた。衝撃で座席から転がり落ちて壊れた――という最悪の結末もあり得る。

荷物とやらが壊れていた場合の補償はどうすればいいのだろう。桐也に言わせれば「知ったことではない」のだが。

厳罰、補償金、弁償金――ネガティブな単語が頭の中を巡る。だがその不安は直《す》ぐさま霧散した。

後部座席にブルーシートが横たわっている。正確に言えばブルーシートに包まれた何かが。中身は不明だがこのブルーシートの包みこそが荷物だろう。わざわざ警察が羊協まで輸送する、大層重要な代物だ。

桐也は一瞬だけ中身を確認しようかと考えた。ブルーシートの隙間から覗《のぞ》いている何かが動いたように見えたからだ。気にならないと言えば嘘《うそ》になる。

だが、やめた。

羊協から送られてきたメッセージには「『絶対に』中を確認しないよう」と記載されていた。

羊協の絶対は〝どのようなことがあっても、何があっても、天変地異が起こっても〟という意味を含んでいる。違反すれば罰金、刑罰、最悪〝終了処理〟もあり得る。

――余計なことはするべきじゃない。

羊協に飼われている羊飼いにとって最も重要なのは従順であることだ。羊協に従っていれば羊飼いは〝羊飼いとして生きること〟を許して貰《もら》えるのだから。

気づけば夜の静寂にパトカーのサイレン音が混じっていた。

一般人は違いなど分からないだろうが、この音は羊対課のサイレンだ。ブルーシートの中身を回収しに来たのだろう。

「帰って寝るか。さすがに疲れたな」

誰に言うわけでもなく一人ごち、桐也はワゴン車を降りた。

背後からガサ、とブルーシートの動く音が聞こえたような気がしたが、振り向くことはなかった。

1

虚無〈EMPTY〉

桐也は十二号線沿いの猥雑《わいざつ》な街並みを気だるげに歩いていた。

それなりに大きい通りとあって深夜でも車通りが多い。大抵《たいてい》は最新型の電気自動車だ。五年前、クリーンエネルギー自動車購入に対する補助金が大幅に引き上げられたのを契機に、人々はこぞって電気自動車を購入した。

十年ほど前はアクセルとブレーキの踏み間違えによる事故が多発していたらしい。だが自動運転機能搭載が義務化された今では、踏み間違いによる事故はほとんどなくなった。そもそも昨今の車はアクセルを踏む必要すらない。端末機《T・C》を車にセットすればAIが勝手に車を走らせてくれる。人間は行き先を口にするだけでいい。

ふいに、桐也は足を止めた。

目の前には手のマークのホログラムが浮かび上がっている。赤信号を知らせるプロジェクション・サインだ。

車が独りでに動き、街の至る所に派手なホログラムが浮かび上がる――それが札幌という都市の有りようである。

ここ十年ほどでの札幌の成長は目覚ましかった。

どんどん新しい技術が生み出され、札幌は――いや、日本各地の町はＳＦ映画で描かれるような都市に塗り替えられていった。野菜や果物も生長しきったものを人工的に作り出すことが出来るし、人工食肉も人工牛乳も当然のように出回っている。緩やかに発展していた科学が一気に先へと進んだのだ。

だが、技術が発展したところで、使う側の人間が未熟であれば問題は起きる。むしろ技術が発展したが故に問題が起きると言っても良いだろう。

自動車と会話が出来るようになった一方で、多くの人間は仮想空間の中に入り浸っている。派手なプロジェクション・サインが街に浮かび上がる一方で、今にも倒壊しそうな集合住宅群が尚《なお》も増殖を続ける。

――この街はもう限界だ。

今や、札幌に住む者全員が〝羊飼い〟になる危険性を孕《はら》んでいる。

「こんばんは、斗一様。はまなすマートのチロです。先日お買い上げ頂いたチューハイはいかがでしたか？　是非他のお味もお試しくださいね」

ふいに、機械的な音声が桐也の耳朶《じだ》を打った。声はイヤホンから聞こえている。

信号が青に変わり、道路を塞《ふさ》いでいた手のホログラムが消える。代わりに横断歩道の両端には車用の進入禁止ホログラムが表示され、チカチカと目に痛いほど点滅していた。

桐也はだらだらと横断歩道を渡り、左方にあるはまなすマートの前で足を止めた。はまなすマートとは主に北海道でのみ展開しているコンビニチェーンだ。

店舗の近くでは女性のホログラム——チロが牛乳パックを片手に体をくねらせている。最近のコンビニは客の端末機《T・C》から会員データを読み取り、イヤホンを通じて個人に宣伝を行う。

「今なら電子煙草《タバコ》への切り替えがお安くなる会員様限定キャンペーンを行っておりますよ。いかがですか？　それとも、新商品の人工肉ザンギはどうでしょう。はまなすマートの工場で生産した人工肉は、味も食感も限りなく本物に——」

——随分とまあ熱心なことだ。あと一分足らずの命なのに。

今は午前零時五十九分。

はまなすマートは大抵一時閉店のため、チロも一時で消失する。

全部そうやって毎日一回リセットされてしまえばどんなに良いか。

桐也はチロの機械的な声が妙に鬱陶《うっとう》しく感じ、聞いている音楽の音量を上げた。

ユー・アンド・アイ・アー・ゴナ・リブ・フォーエバー。そんな歌詞がイヤホンから流れ込んでくる。意味は、〝お前と俺は永遠に生き続けるんだ〟。

——馬鹿らしい。

永遠なんてものはこの世には存在しない。もし永遠があるとすれば、それはただ単に時が止まっているだけだろう。

札幌に住んでいる人間もそうだ。

技術だけが進んで、人間が置いて行かれている。人間は未《いま》だに〈宇宙の卵核《オール・オン・ザ・ワン》〉を牛み出した頃《ころ》から何も変わってない。

むしろあの時、札幌という街は静かに終わりへと向かっていたのかもしれない。


二〇二五年。日本の量子力学研究所が世紀の大発見をした。

今まで物質の最小単位とされていた素粒子。その更なる内部構造を読み解くことに成功したのだ。

研究の結果、素粒子は人間の遺伝子のような情報集合体によって構築されていることが明らかとなった。その構造体は〝符子《ふし》〟と名付けられ、急速に研究が進められた。

純粋情報体である符子を自由に操ることが出来れば、人間は今まで〝魔法〟と定義していた現象も任意で起こすことが可能になる。大気中の符子を書き換えれば何も無い所に火を灯《とも》すことが出来るし、水中の符子を書き換えれば酸素マスクなしで潜水することだって出来る。あらゆる技術が飛躍的に進化するだろうし、ゆくゆくは病気の根絶や、気象操作、人類が長年夢見た「不老」まで可能になるかもしれない。

だが、そう上手《うま》くはいかなかった。

符子が発見されたことにより、長らく解明されていなかった人間の脳機能についても研究の進展があった。

今まで人々は〝心〟というものを漠然と捉《とら》えていた。だが、符子が発見されてからというもの、人間の心は符子で構成されているという説がかなり有力視されるようになってきたのだ。

偉い科学者は心を構成する符子を〝アドミ〟と名付けた。ラテン語の「アドミーラーリー（驚く）」という言葉が由来だ。

世界は全《すべ》て符子という情報で構築されている。

人間の体も、人間の心も、符子によって作られた情報集積体。

パソコンでコードを書き換えるように符子を書き換えることが出来れば、人間は世界の全てを作り替え、創造し、消失させることが可能になる。

だが符子を書き換えようとすると、なぜか実験者のアドミに乱れが生じた。有り体に言えば、精神に異常を来《きた》すのだ。

どうやら人間のアドミには根源のようなものが存在し、その根源が万物を構成する符子情報と密接に関《かか》わり合っているらしいことが分かってきた。

符子とアドミは、人間が手をつけるには早すぎる領域だ。

自然の法則を書き換えるべきではない。

そう言われていたはずなのに、傲慢《ごうまん》な科学者達はとうとう禁断の実験に手をつけた。

心が無ければ、符子を自由に操れるのではないか。

プロジェクト〝ＶＥ《ヴォイド・エッグ》〟と呼ばれた実験は、当時札幌に居た生物工学の権威、四戸《よと》康文《やすふみ》を中心として行われた。

実験施設があった場所は札幌市南区の山奥だ。二〇二五年当時の札幌は他の政令指定都市に比べて未開発の土地が多く、秘密の研究施設を作るには最適な場所だった。

そうして生まれたのが被検体ＶＡ・ＭＵＴ００５――〈宇宙の卵核《オール・オン・ザ・ワン》〉。

原初にして最大の羊飼い。人類最初の魔法使いであり、全ての羊飼いの父でもある。見た目には、培養液の中で膝《ひざ》を抱える、人形《ひとがた》を模しただけの何かだが。

ＭＵＴ００５は感情が全くなく、代わりに僅《わず》かながらも符子を操ることが出来た。ＭＵＴ００５は目を開けるが早いか、施設内に大量の花を咲かせてみせたのだ。

実験は成功かと思われた。

だが、ＭＵＴ００５は人間の命令に従わなかった。

ＭＵＴ００５は暴走し、咲かせた花から胞子と呼ばれる情報のバグを放出した。

胞子は札幌市とその近郊に浮遊し定着している。暴走から十年が経過し、ＭＵＴ００５が冬眠状態に入っている今でも。

心にトラウマを抱える人間が胞子に触れると、その人間はトラウマに起因した異能力を一つ得る。つまり、羊飼いになる。

羊飼いは父たる〈宇宙の卵核《オール・オン・ザ・ワン》〉の近くから離れられない。ＭＵＴ００５が札幌という都市に拘束されている限り、羊飼いもまた札幌という都市あるいはその近郊に拘束される。

ＭＵＴ００５が目覚めてから真っ先に行ったのは、仲間を増やすことだったのだ。

自らと同じく〝檻《おり》〟の中に閉じ込められた者達。アドミを消費する代わりに、符子を操る能力を得た者達。――原初の羊飼いによって生み出された、哀れな原初の羊達。

札幌で大量の羊飼いが生まれるのに、そう長く時間はかからなかった。

当初札幌という都市は徹底的に羊飼いを殺処分した。事実を隠蔽《いんぺい》したかったからだ。逃げ惑う羊飼い達が寄り集まって〝羊飼厚生保全協会〟を発足させたものの殺処分はなくならず、羊飼いはひたすらに無力だった。

二〇二八年、事態は急変する。

政府は羊飼いの能力を有効活用することに決め、その生存権を認めたのだ。

羊飼いは働いた。

札幌という都市に散々搾取《さくしゅ》され、アジア有数の技術都市に押し上げる礎になった。

やがて、札幌は羊飼いによって裏から支配されるようになる。

羊協は中央政府と手を組み、隠蔽や改竄《かいざん》、果てには暗殺の仕事まで請け負っている始末だ。中央政府のお偉方は「マズい案件は札幌に送れば無かったことにしてくれる」と笑っているらしい。

それでも尚、多くの羊飼いは未だ苦しい思いをしている。

羊飼いであるが故に抱える生きづらさ。札幌に拘束されるという苦痛。

この草臥《くたび》れた街で、羊飼いは能力をひた隠しにしながら生きるために働く。たとえ仕事内容が「羊飼い殺し《賞金稼ぎ》」であったとしても。


「そろそろ閉店でーす。またのお越しをお待ちしておりますね！」

ふと、背後から明朗な声が聞こえた。

一時を回ったのだろう。はまなすマートの閉店時刻だ。数年前にコンビニオーナーのストライキが起きてからというもの、一時で店を閉めるコンビニがやたらと多くなった。

桐也は何気なくはまなすマートの店舗に視線を置いた。

様々な広告映像を投影していたガラス扉は一瞬で黒に染まり、「閉店しました」という文字をでかでかと表示させている。

「閉店し」と「ました」の間から外に出てきたのはコンビニの店員だ。

店員は気だるげに首を傾け、煙草に火をつけた。

吐き出される灰色の煙には、この都市が抱えるありとあらゆる疲労が滲《にじ》んでいるような気さえした。

□

温《ぬる》くなった缶ビールを一気に呷《あお》り、桐也は溜息《ためいき》を漏らした。

深夜一時半。

桐也は今、部屋の中で意味も無く端末機《T・C》と向き合っている。ひっきりなしにメッセージが届いているが、全て一夜を過ごしただけの女達――つまり〝羊〟からだ。返信することはない。

カミマチ構成員を始末した現場から桐也の住むアパートまではギリギリ歩いて帰れる距離だった。といっても徒歩三十分以上はかかる。タクシーを捕まえようと考えていたものの、見当たらなかったので仕方なく徒歩で帰宅した。

豊平を北上し、南郷通《なんごうどおり》、十二号線を越えて更に北上。桐也が住んでいるのは白石区《しろいしく》菊水元町《きくすいもとまち》と呼ばれるエリアである。

菊水元町は部屋数だけが取り柄の集合住宅が多い中、所々に〝人並みの〟住まいを残している。桐也の住居は全八部屋、インターネット回線完備、冷暖房完備、スマートスピーカー搭載済みの「こなゆきハイツ」である。アパートの名称は最悪だが、アジアスラムめいた集合住宅に住むよりはずっと良い。

1LDKの寂《さび》れた部屋だ。とてもじゃないが女を連れ込めるような雰囲気ではない。あちこちに飲みかけのビール缶が置いてあるし、そもそも部屋の中が酷《ひど》く煙草臭い。壁紙も黄色に変色している。

二年前まで札幌市内で警察官をやっていただけあって、桐也は基本的には几帳面《きちようめん》な性格だ。だが姉が植物状態になり、同時に桐也も警察を辞め、羊飼いになってからは何もかもに対し無頓着《むとんちやく》になってしまった。ベッドは荒れ果てているし、洗濯物も畳まずに放《ほう》り投げてある。食べ物も天然ものだろうが人工物だろうがお構いなしに腐らせる。

煙草と酒とカップラーメンで過ごすような毎日。

良くないということは分かっているのに、もう真っ当に生きる方法を忘れてしまった。

「何だ、今の音……？」

手にしていたビール缶を慎重にテーブルへと戻し、耳をそばだてた。右手は無意識の内にテーブル上のモデルガンを摑《つか》んでいる。

——敵、か。

ようやくシャワーを浴びることが叶《かな》ったというのにまた戦闘というのも酷い話だ。上下スウェットで羊飼いと戦うなど間抜けすぎる。

だが確かに音がした。

——まさかカミマチの残党が仇討《あだう》ちをしにきたとでも。いや、仲間意識が希薄なカミマナが仇討ちなど殊勝なことをするとは思えない。

音は玄関の方から聞こえた。

何者かが玄関を何度もノックしている。こんな深夜に来訪者だというのならあまりに非常識だ。

桐也は慎重に玄関ドアへと近づき、音を立てないようのぞき穴から様子を窺《うかが》った。扉の向こう側に物騒な連中が立っている可能性は否《いな》めないからだ。

だが、予想は外れた。

——これはなんだ。

のぞき穴の向こうに子供が居るという状況は、一体何なのか。

「子供……？　こんな時間に？」
十三、四歳程度の少女——いや、少年かもしれない。中性的な見た目をしている。
顎《あご》の辺りで適当に切られた黒髪。真っ黒な目。白い肌。表情が一切変化しないためか人形のようだ。病院の検査着を思わせる服を着ているのが余計に不気味だった。

これは、夢か。悪夢か。

どう考えても普通じゃない。

桐也はしばらくのぞき穴から様子を窺っていたが、最終的に「見なかったことにする」という結論を出した。寝て起きれば無かったことになっているだろう。酒と疲労のせいで幻覚を見ているだけだ。

――そう自分に言い聞かせたというのに。

「ああもう何なんだよ、こいつ」

一定のリズムでドン、ドン、と扉が音を立てる。

気にするな、という方が無理だ。

桐也は溜息をつき、鍵《かぎ》を開けた。勿論《もちろん》ドアチェーンはかけたままだ。検査着の子供が何をしてくるか分かったものではない。子供が羊飼いである可能性も否めないのだから。

意を決してドアノブに手をかけると、桐也は普段女どもを落としている時と同じ余所《よそ》向きの顔を作って、扉を押し開いた。

「はいはい、こんな遅い時間にどうしたの。迷子になっちゃった？」

桐也は小首を傾《かし》げ、親近感を抱かせる笑顔を湛《たた》えて子供を見た。

一方検査着の子供はじっと桐也を見つめ、何度か目を瞬《しばた》いている。表情はやはり変わらない。

不気味だ。

「ええと……お嬢ちゃん、かな？　それともお兄ちゃん？　こんな所で何をしてるんだい？」

子供は頭《かぶり》を振る。何を意味する否定なのかはさっぱり分からない。

――まさか口がきけないのか。

「困ったな……。とりあえず、名前を聞かせて貰《もら》えるかな。名前。言える？」

今度は首を傾げられた。名前が分からないとでも。

少なくとも意思の疎通はとれているようだが。

「君の名前だよ、名前。分からない？　あー、日本語通じないのかなあ。ネイム。ワッツユアネイム」

「名前っていうのは、番号のこと？」

「……は？」

――まずい、一瞬素が出た。

何を言っているのかは分からないが、とにかく子供が普通じゃないことは確かである。これは関わってはいけない手合いだ。

「いや……何でもないよ、気にしないで。俺じゃ君の力にはなれそうにない。交番に行くと良いよ。少し歩いたところにあるから」

子供を一人で夜の街に放り出すなど気が引ける。だがそうも言っていられない。

「それじゃあね。夜道は危ないから、気をつけて」

桐也は躊躇《ためら》いを無理矢理に押し殺して扉を閉めた。

警察官だった頃ならば迷いなく交番まで送り届けたのだろうが、羊飼いになった今良心というものはほとんど存在していない。全てを疑い、全てを敵視し、厭世観《えんせいかん》を抱え、皮肉と悪口を振りまきながら賞金を稼ぐ。それが斗一桐也の生き方だ。

一応のぞき穴から外を確認した。

検査着の子供はまだいる。

――一体何だというのか。

親に捨てられたような目で見上げてくる様が嫌だった。桐也が九歳の頃父親が家を出て行ったが、今のぞき穴の向こうに見える表情は、その時鏡で見た幼き日の自分の顔によく似ている。

「ったく、気持ち悪いな。こっちは疲れてんだぞ。さっさとどっかに行って――」

再び、ノックの音。

桐也は思わず息を呑《の》んでいた。

ノックの音はやはり一定のリズムだ。だが先ほどまでと違って僅かにテンポが速くなっているように思う。ノックの音も大きい。

――まずい、このままだと近所の連中に変な目で見られる。

左右の部屋に住んでいるのは一般人だ。羊飼いじゃない。たとえ羊飼いだったとしても、妙な子供に粘着されているこの状況からどうやって助けてくれるというのだろう。

何も見なかった、と押し通すべきか。それとももう一度扉を開けて「帰れ」と怒鳴りつけるべきか。

ノックの音を聞きながらしばらく悩んだ後、とうとうドアノブに手をかけ、扉を開いた。

「何なんだよお前は。近所迷惑だ、さっさと消えろ！」

それなりの声量が出てしまった。ノックの音よりはるかに近所迷惑だったかもしれない。

検査着の子供はぽかんとしている。怒鳴られたことに驚いているのか、あるいは桐也の態度が豹変《ひょうへん》したことに驚いているのか。真っ黒な瞳《ひとみ》には一切の感情が宿っておらず、子供が何を考えているのか推し量ることは出来なかった。

――やはり何度見ても〝幼い頃の自分〟に似ている。

いや違う。子供は桐也ではなく、桐也の姉――流音《るね》に似ているのだ。

――どのみち、酷く気分が悪い。

「何だよその顔は。さっきからドンドンうるさいんだよ。俺はもう寝たいんだ。これ以上迷惑行為を続けるなら――」

「自分の番号は、ＲＡＭ－４８３Ｔｍ。これが名前……なのかは分からない。性別、というのも知らされていないから、よく分からない。――あなたの、名前は」

「俺の名前？　何で素性も知れないヤツに教えなきゃならないんだ」

「素性というのは、名前のこと？　名前と素性が同一の意味なら、自分の素性はＲＡＭ－４８３Ｔｍ。これ以上のことを知りたいって言われると、ちょっと困るけど……でも、知りたいことがあるなら、自分は」

「ああもう分かった分かった。……桐也だ。斗一桐也。これでいいか」

「うん、覚えた。桐也、あのね、自分は」

黒い瞳が真《ま》っ直《す》ぐに桐也を見つめる。縋《すが》り付いているかのように。

「桐也の〝羊〟になるために、ここに来た。だから、自分を羊にして欲しい」

桐也は今度こそ凍り付いた。

真っ黒な瞳に映る桐也の表情は、二年前に姉を撃ったときと同じく、静かな恐怖で染まっていた。

□

検査着の子供はマネキンのように椅子《いす》に腰掛けている。真っ黒な目は微動だにせず桐也へ向いていた。

羊なんて知らない、と追い返せば良かったのだ。

だというのに部屋に入れなければ朝まで扉を叩《たた》かれるような気がして、桐也は謎《なぞ》の子供を部屋に招き入れてしまった。

深夜の二時前。

酒が入っているせいかさほど眠くはない。だが体には確実に疲労が溜《た》まっている。ここ最近はほぼ毎日すすきのに出歩いていたので満足な睡眠をとれていなかった。

桐也は子供の斜め前に座って頬杖《ほおづえ》をつき、忌々《いまいま》しげな視線でもって睨《ね》め付けている。名前も、性別すらも分からない不気味な子供を。

黙っていても仕方が無い。時計の音が虚《むな》しい。

だが、マネキンじみたこの子供に何と話しかければいいのか。

――厄介なことになった。

桐也は軽く溜息をつき、煙草を一本口にして火をつけた。

「それは、なに？」

「それって何のことだ」

「今桐也が口にしている、細長いもの」

「煙草だ。お前煙草も知らないのか。何なんだよ」

「自分はＲＡＭ――」

「それはもういい。何だよラムって。羊か。ああそうだったな、羊になりたいんだったな。頭おかしいんじゃないのか。まともじゃないぞ」

「まとも……。自分は、まともという存在ではないの？」

桐也は煙草の煙と共にこの世の終わりめいた溜息を吐いた。もともと覇気の無い目をしているが、今の桐也は完全に死んだ魚の目をしている。

「お前は今日からヨウだ。羊だからヨウ。分かりやすいだろ」

「それは名前ということ？」

「ああそうだ、名前だ」

「ありがとう、桐也。自分は今日からヨウ。……うん。番号よりも短くて良い」

――喜ぶべきはそこなのか。

半分皮肉を込めて名前を与えたが、子供――いや、ヨウが思いのほか嬉《うれ》しそうにしているため肩すかしを食らってしまった。

これではまるで捨て犬に名前をつけたかのようだ。飼うつもりなど毛頭無いというのに。

――いや大丈夫。あくまで便宜《べんぎ》的な名前だ。羊にするならするで構わないが、ずっと側《そば》に置いておくなんてことはあり得ない。ましてこんな気味の悪い子供を。

「で、だ。本題に入らせて貰うが……お前は羊飼いのことを」

言葉は、途中で遮られた。

ヨウの腹から凄《すさ》まじい音が鳴ったからだ。

自分の腹から音が鳴ったことを訝《いぶか》っているのか、ヨウは腹に両手を置いて小首を傾げた。

「変な音、した」

「腹の音だろ。腹減ってるんじゃないのか」

「腹が減ってる？　お腹《なか》は無くなっていないよ。空っぽって感じはするけど」

「それが腹減ってるってことだろ。そんなことも分からないのか。――ああもう面倒臭いやつだな。これでも食ってろ」

桐也が投げつけたのはパンだ。テーブルの上にずっと放置されていた代物である。消費期限が切れてから一週間ほどが経過しているため、表面のほとんどが緑色に変色していた。

――さすがに黴《か》びたパンを口にすることはないだろう。

仮に口にしたところで桐也に実害はない。腹を壊そうが死のうが、そんなものは食べた人間の責任だ。どこかで野垂れ死ぬならそれはそれで結構、むしろ厄介事が無くなってくれて万々歳である。

「これは、何？　緑色の模様が沢山ある」

ヨウは躊躇《ためら》いなく袋入りのパンを摑んだ。桐也の顔が引きつったことには気づいていないようだった。

「食べ物だ。食えば腹が膨れる」

「膨れるとどうなるの」

「むしろ膨れないと死ぬ。人間は食ってないと死ぬ生き物だ」

——何でこんなことをわざわざ説明してやらないとならないのか。

「そうなんだ。じゃあ、食べる。ありがとう桐也。これ貰うね」

躊躇《ちゅうちょ》は微塵《みじん》もなかった。

ヨウは袋を雑に引き裂き、パンを取り出して口に運んだ。袋を開けたせいで強烈な黴《かび》臭さが辺りに漂っている。だというのにヨウは眉《まゆ》一つ動かさない。

パンがどんどん薄い唇に近づいていく。小さな口がパンをかじろうとしている。

桐也は、良心の呵責《かしゃく》に耐えきれなかった。

「やめろ馬鹿。本当に食うヤツがあるか」

パンが床を転がっていく。桐也が払い落としたのだ。

「……食べ物、なくなった」

「あれは食べ物じゃない。黴びたパンだ」

「カビタパンは食べ物じゃない……？　桐也は食べ物じゃないものを食べろって言ったの？　どうして？」

「本当に食うとは思わなかったんだよ。こっちは食えるやつだ。これ食ってろ」

桐也が投げつけたのはまだ消費期限が切れていないパンだ。

「マメパン……って書いてあるの？　カビタパンとは別の種類？」

「カビタパンって単語じゃない。パンって食い物が黴びてたから黴びたパン。それは豆が入ってるから豆パン」

「パンは、黴びると食べられない？」

「ああそうだ、ようやく理解したか、何よりだ。さっさとそれ食え」

「うん、ありがとう。食べる」

ヨウは今度こそパンをガツガツと頬張《ほおば》った。終始無表情なので豆パンを気に入ったのかどうかは分からない。食べるペースが速いので、少なくとも不味《まず》いということは無さそうだが。

「さて、今度こそ本題に入るか。話を聞く前からやけに疲れたな……。とりあえず俺の質問に答えろ。嘘《うそ》はつくな。まあ、お前は嘘をつけなそうだが」

「分かった。答える」

「素直で結構」

「でも豆パンも食べてて良い？　これ、いっぱい食べたいって思う。頭の中が暖かい色になる」

独特すぎる表現だが、恐らくは〝美味《おい》しい〟という意味だろう。

「好きに食え。豆パンはそれ一つしかないからな、よく味わって食えよ。もう手遅れっぽいが。……で、だ。まず大事な質問をする」

ヨウは頷《うなず》いた。

パンを食べながら頷く、という行動は出来るらしい。

「お前は羊飼いについてどこまで知ってる」

「羊飼いって、なに？」

「――は？　羊飼いが何なのか知らないのか」

「うん、知らない。でも桐也の羊にはなりたい」

「羊が何なのかは？」

「知らない」

――なんだこいつ。羊飼いが何なのかも知らずに、羊になりたいなんて言ってるのか。正気じゃない。

「先に言っておくが、俺はお前を羊にするつもりはない。そもそも何で俺なんだ。初対面だろ」

「初めて見たから。初めて見た人の羊になるって決められてる」

「誰に」

「知らない。声だけの人」

「お前、もしかして人間じゃないのか？」

「うん。ヨウは羊。羊になるために生まれてきたんだって」

――話にならない。

妄想《もうそう》を楽しむには夜が更《ふ》けすぎている。夜九時前後ならば笑っていたかもしれないが、深夜一時を過ぎてこの手の妄想話は苦しいものがあった。

ヨウはいつの間にか豆パンを食べ終わり、名残惜《なごりお》しいのか指をペロペロと舐《な》めている。桐也はふと、その細い指が一度黴びたパンに触れていたことに気づき顔を青くした。これでは口に入ったも同然だ。

――いや。なぜこいつの体調を気遣ってやらなければならないのか。そんな義理などない。ないのだが……。

「指舐めるのやめろ。これで拭《ふ》け」

桐也はどうしても気になってしまい、除菌ウェットティッシュをテーブルに放り投げた。ヨウはティッシュの取り出し方が分からず呆然《ぼうぜん》としていたので、桐也は仕方なく一枚取り出してヨウに放った。

「ありがとう。手を拭いて……どうすればいいの」

「その辺に置いとけ。間違っても食うなよ。食い物じゃない」

「分かった。置いておく。食べない」

「よし。……さあ、どこから話せばいいんだろうな。正直なところ話を聞くのも面倒に思えてきた。お前を外に叩きだしてさっさと寝るのが得策だと俺は思うんだが、どう思う？」

「ヨウを羊にしたら良いと思う」

「オーケーよく分かった。お前は話の通じない電波野郎だ。……なんでこんな面倒事に巻き込まれてるんだ、俺は」

桐也はガリガリと頭を掻《か》き荒らし、そのまま頭を抱えた。チラッとヨウに視線をやっても、そこにはマネキンじみた無表情があるばかりだ。

姉に似た顔立ち。

父に捨てられた時の自分とそっくりな表情。

――嫌になる。

「わかった。お前に羊飼いが何なのかを教えてやる。羊が何なのかもな。そうすれば考えも変わるだろ」

「考えは変わらないと思うけど、教えて欲しい」

桐也はまだ吸いかけだった煙草を灰皿に押し付け、面《おもて》を上げた。

「羊飼いっていうのはな、簡単に言えば異能力者だ。札幌とその近郊にしかいない。人によって能力は違う。戦闘に特化してるアタッカー、情報収集に特化したチャッター。洗脳やら隠蔽やらが得意なマニピュレーターってやつもいる。まあ色々だ」

「桐也の能力は？」

「誰が教えるか。お前がスパイじゃないとも限らないだろ」

「スパイってなに」

「いや、俺が悪かった。聞かなかったことにしてくれ。俺の能力はどちらかと言えばアタッカー寄りだ。それだけ教えてやる」

「ありがとう」

「どういたしまして。さて、お前にとって重要な羊の話をする。大事なことだからその空っぽの頭に叩き込んでおけ」

「分かった」

ヨウは真顔でポコポコと頭を叩いた。頭に叩き込んでおけ、と言われたからだろう。

自分の頭を木魚《もくぎょ》のように扱うヨウを見て、桐也は心底鬱陶しげな溜息を吐いた。これで三度目だ。

「いいか、羊飼いが能力を使うためには〝羊〟が必要なんだ。羊は言わば生贄《いけにえ》だ。能力を使うためのエネルギーソース。アドミとかいう物質を消費するらしいが詳しいことは知らない。とにかく、羊飼いは羊を消耗しながら能力を使う。分かるか？」

「何となく分かる」

「上出来だ。羊が増えれば増えるほど能力は強化される。逆に羊が少ないと能力使用の負担が大きくなる。――アドミが枯渇《こかつ》した羊は、発狂して羊飼いを殺そうとする」

「知ってる。毛無しって呼ばれる状態だって聞いた」

「誰に聞いたんだよ」

「声だけの人。あと、刻印行動っていうのも知ってる。刻印行動をしないと羊にしてもらえないんだって」

桐也は思わず眉を顰《ひそ》めていた。

ヨウが何者なのかは分からない。ただ、名前が番号だったり現代社会における知識がほとんどなかったりと、何だか実験体のような印象を受けてしまう。

例えば、羊になるために生まれてきた人造人間――とか。

――馬鹿馬鹿しい。

仮に羊用の人間を生み出しているのだとすればあまりに非人道的な行為だ。そもそも羊は大勢いなければならないのだから、一人増えたところであまり意味は無い。ヨウ一人で数十人分の価値があるというのなら話は別だが。

今の時点で分かるのは、ヨウは羊になるのを受け入れているということ。

将来的に発狂する可能性が高いのだ、普通は嫌がるものだが――。

「そうだ、刻印行動。俺から相手にする行動――授与行動と、相手にしてもらう行動――享受《きょうじゅ》行動がある。両方達成してようやく、相手は羊になる」

「桐也はどれくらい羊がいるの」

「教えない。まあ、少なくはないな」

ざっと数えても百人を超えている。ほとんどが夜に知り合った貞操観念の緩い女達だ。

酒が入っていれば刻印行動も達成しやすくなる。数時間前すすきので知り合った女もあっさりと桐也の〝遊び〟に付き合ってくれた。

とにかく羊を増やさなければ。でなければ羊がいつか発狂してしまう。

二年前包丁を振り回した姉、流音のように。

「何だよ、その顔」

ヨウはなぜか軽く頬を膨らませていた。

感情の無いマネキン人間だと思っていただけに少し意外だった。何に対して憤《いきどお》っているのかは分からないが。

「少なくないんだ」

「羊のことか？　ああ、少なくない。それがどうした」

「桐也の刻印行動を教えて」

「断る」

「お願い。ヨウを、羊にして欲しい」

「まだ言ってるのか、よっぽど頭がおかしいんだな。羊になるってことがどういうことか分かってるんだろ？　そのうち発狂するかもしれないんだぞ」

「しない」

「は？」

――何を言ってる。

発狂しない羊なんていない。誰であれアドミの消費量が回復量を上回れば壊れる。だから羊飼い達は必死になって羊を増やす。羊に殺される未来を回避するために。

確かに毛無しにならない羊であれば話は別だ。一人で事足りる。

足りるの、だが。

そんなもの絶対にあり得ない——。

「ヨウは感情がほとんど無い。そういうふうにチューニングされてる。羊になるために感情を無くしたんだって言われた。……だから毛無しにならない」

「チューニング？　どういうことだよ。前頭葉でも弄《いじ》られてるのか」

——このご時世にロボトミーとでも？　都市伝説じゃあるまいし。

「ぜんとうよう、というのが何なのか分からないけど、ずっと暗いところに浮かんでた。声だけが聞こえてて変な感じだった。あと、体がどんどん大きくなっていった。ヨウ達は特別だから、大きくなるのが凄《すご》い早いんだって言われた」

「何だよそれ。そういう設定なのか？　お前の親、ヤクでもやってるんじゃないのか。お前今何歳だよ」

「何歳というのは、製造日から何年経《た》ったかってこと？　出荷されたのは今日だと思う。製造されてからは……分からないけど、二年、だったかな。声がそう言ってた」

「お前、親のところに戻ったらこう言っとけ。映画の観《み》過ぎだって」

ヨウは小首を傾げた。よく分かっていない様子だった。

「親という存在は、ない。多分。気づいたらぷかぷか浮いてたから」

「あーはいはい、試験管ベビーってやつか。ＳＦにありがちな設定だな。お前の設定を聞いてると朝になりそうだ」

「設定じゃない。本当」

「そうだな、本当だな。凄いぞ試験管ベビー。現代科学の結晶だ。お前をＮＡＳＡに送りつけたら俺は億万長者か？　妄想を送りつけるのはやめてくださいって怒られるだろうな。そんなことはいい。問題はお前がここに居座ってるってことだ」

「羊にして貰うまでどかない。刻印行動を教えて」

四回目の溜息。桐也の顔にはそろそろ疲労が滲み始めている。

――こんな面倒事になるとは。やはり部屋に招き入れるべきではなかった。

桐也の刻印行動は能力と同じく銃を使用する。ほとんどの羊飼いは能力と刻印行動がリンクしている。

授与行動は〝相手の肌に銃口を押しつけ、引き金を引く〟。銃は引き金、銃口、銃身、銃把《じゅうは》が揃《そろ》っていればなんでもいい。最悪水鉄砲でも。弾が入っているかどうかは問わない。

享受行動は〝相手に銃を使用して貰い、弾が羊飼いに着弾する〟。授与行動の逆パターンだが、弾が入っている必要がある。色々試したがゴム鉄砲は不可、ＢＢ弾ならセーフだった。

今テーブルの上にはＢＢ弾の入ったモデルガンがある。刻印行動はすぐに達成できるだろう。

――羊にしてしまえばいい。

感情が無いという話が本当かどうかは抜きにして、羊が一人増えるのならそれに越したことはない。ヨウがなりたいと言っているのだから、羊にしてやればいいのだ。躊躇うことなど何一つないはず。

なのに――。

「俺は、お前を羊にするつもりはない」

桐也ははっきりとそう言い切った。

ヨウは無表情の中に僅かな怪訝《けげん》を滲ませ、じっと桐也を見据えている。

感情を抑制されているとヨウは言っていたが、完全に心を失っているわけではないようだ。感情が無いというより表現の仕方を知らないだけなのかもしれない。

「どうして、羊にしてくれないの」

「気が乗らないからだ。お前を羊にしたらロクなことにならない気がする。あとお前と関わり合いたくない。理解したなら帰ってくれ」

「帰るところがない。ヨウは、桐也のことしか知らない」

「そうか。なら交番に行け。でもって病院でも――ああいや、保護施設でも紹介してもらえ」

思わず口をついて出た〝病院〟という言葉に、桐也は胸がざわつくような嫌な感覚を抱いた。

病院にはどうも良いイメージがない。姉である流音が入院しているせいもあるのだろうが。

「とにかく俺はもう寝たいんだ。お前の妄想に付き合ってられるほど暇じゃないんだよ。何で俺につきまとうのかは知らないが、俺はお前の飼い主にはならない。行く場所がないなら試験管の中に帰れよ、試験管ベビー」

「目が、あった」

「――は？」

「最初に目があった。桐也と。ヨウを見つけてくれた。……ヨウ達は、最初に見た人間の所有物になるって決められてる。だからヨウはもう桐也の所有物」

「目が合った？　合ってない。最初に見たのはのぞき穴越しだ。その時にはもうお前、俺のストーカーだっただろ」

ストーカーという言葉が分からないのか、ヨウは首を傾げた。

――面倒臭い。

本当に生まれたばかりの子供じみている。ヨウに必要なのは羊飼いではなく国語辞典ではなかろうか。

「あー……ストーカーってのは、まあ、気にしなくて良い。とりあえず俺はお前を見た覚えはない。人違いだ。お前を羊にすべき人間は俺じゃない」

「ううん、間違ってない。確かに桐也を見た。だってヨウは桐也を追いかけてここに来たんだもん。ずっと扉をドンドン叩いたけど、しばらくの間扉を開けてくれなかった」

「追いかけてきた？　どこから」

「アレがどこだったのかは分からない。ヨウは、小さな部屋？　みたいな所にいたと思う」

「どこだよ、それ。……はあ。話にならない。本当に勘弁してくれ。頼むから出て行って――」

桐也の震えた一声は最後まで紡がれることがなかった。

静まりかえった部屋にブザーの音が響く。突然のブザー音は桐也の肩を跳ねさせるのに十分過ぎる威力を持っていた。

――誰だ、こんな時間に。非常識な。

「お前、そこにいろよ。変な動きをしたら容赦なく殺す」

桐也は冷たく吐き捨ててから玄関へと躙《にじ》り寄った。なるべく足音を立てないようにして。まだ起きている、と知られない方がいいだろう。

ヨウは言われたとおり微動だにしていない。椅子に腰掛けたマネキンのようだ。

背中に痛いまでの視線を感じながらも、桐也は恐る恐るのぞき穴に目を近づける。無意識の内に手にしていたモデルガンを固く握りしめ、桐也は生唾《なまつば》を呑み込んだ。

――今度こそ敵か。カミマチか。

だが、桐也の緊張は直ぐさま解《ほぐ》れることとなった。

「……今何時だと思ってんだよ、あいつ」

目一杯に顔を顰《しか》め、桐也は大股《おおまた》に扉を離れて居間へと戻る。足音はもう気にしてはいなかった。

起きていることを隠す必要はない。

まだ起きていると確信を持っているからこそ、客人はこんな夜更けにブザーを鳴らしたのだから。

桐也はヨウの腕を引っ張って立ち上がらせると、一切の説明をしないまま居間にあるクローゼットへと押し込んだ。

「どうしたの。誰が来たの？」

「お前には関係ない。……いいか、絶対に出てくるな。顔も出すな。声も出すな。そこにいろ」

「殺されるのは別に構わない。でも桐也と離れるのは嫌」

「ああそうか、健気《けなげ》で何より。今まで結構な数のメンヘラ女と知り合ったがお前が一番ぶっ飛んでるよ」

「ありがとう」

「褒《ほ》めてない。……もう一度言う。絶対にここから出るなよ。分かったな」

「うん。でも桐也が危ない目に遭《あ》いそうだったら、飛び出すかも」

「お前が飛び出したところでどうなるんだよ。殺されて終わりだろ。そもそも、危ない目には遭わない。来てるのは知り合いだ」

ヨウは再びむっとしたように唇を尖《とが》らせた。

——まさか、嫉妬してるのか。いや、考えすぎだ。あり得ない。

「暗くなるが少し我慢しろ。大人しくしてろよ」

桐也は叩き付けるように再三忠告し、クローゼットを閉めた。

直後二度目のブザー音が部屋に響き渡った。

□

「今何時だと思ってんだ。二時近いんだぞ。時計見れないのか」

居間のテーブルで缶コーヒーを飲んでいる女性は、深夜に押しかけてきたことに対して罪悪感を抱いている様子が微塵もなかった。

女性の名前は棚尻纏《たなじりまとい》。三十二歳。桐也が信頼を置く数少ない人物だ。

冬だというのに随分と胸元の開いたニットセーター。タイトなスキニージーンズ。緩くウェーブのかかった黒髪は常に艶《つや》めいていて、甘い匂《にお》いがする。化粧は濃く、アクセサリー類も派手なものばかりだ。

桐也が羊にする女たちと同じく、典型的な夜の女である。

だが纏は羊ではない。羊にする予定もない。

理由は簡単。

纏もまた、羊飼いだからだ。

「仕方ないじゃない、灯《あか》りついてたんだもの。あなた、ほとんど女の家で寝泊まりしてるからこうやって話す機会がないのよ。私も朝まで仕事のことが多いし」

「今日は早いな。店が暇になったのか」

「暇になったっていうのもあるけど、今日は早番だったのよ。帰って酒でも飲もうと思ったけど、この部屋の灯りがついていたから慌てて家を出たってわけ」

「俺は引っ越すべきなんだろうな。向かいのアパートから監視されてるなんて笑えない」

「監視だなんて人聞きが悪いわね。あなたがどこで何してようが気にしないわよ。……今日は、どうしても話しておきたいことがあったから」

纏はコーヒーを一気に呷り、途端に神妙な面持ちへと転じた。

桐也も缶コーヒーを開け、チビと口をつける。だが熱かったためほとんど飲まずにテーブルへと戻した。

ヨウは、今のところ大人しくしているようだ。

ヨウの存在を知ったところで纏は騒ぎ立てないだろうが、極力人目につかせない方がいいだろう。ヨウが纏に危害を加える可能性も否めない。

「何か様子が変だけれど……何かあったの？　余所余所しくない？」

まるで計ったかのようなタイミングだ。

普段何事にも動じない桐也だったが、今ばかりは若干の動揺を滲ませて目を瞬いた。

「何もない、大丈夫だ。――で、話ってなんだよ。こんな時間にわざわざ来たってことは相当重要なことなんだろうな。くっだらないアイドルの話だったら叩き出すぞ」

「違うわよ。ねえ桐也。流音の事件……まだ自分のせいだって思ってる？」

纏は視線を逸《そ》らしていた。目を背けるように。

一方で桐也は真っ直ぐ纏を見据えている。

二人の態度は、対照的だった。

片や、忘れ去ろうとしている者。

片や、未だに怒りを抱き続ける者。

桐也が怒りと憎悪を失う日は来ないだろう。

犯人の額を撃ち抜くその時まで。

「姉さんを植物状態にしたのはこの俺だ。俺が撃ったからだ。姉さんが羊にされていたことに気づけなかった俺のせいだ」

「あなたのせいじゃないわよ。だって、二年前はまだ羊飼いって存在自体知らなかったじゃない。――私は知ってた。あの時は既に羊飼いだった。私なら流音のこと、気づけたかもしれないのに」

「羊飼い」

「羊飼いがどうかした?」

「羊飼いなんてものがいるから悪いんだ。羊飼いのせいで姉さんはああなった」

纏は自嘲《じちょう》的な苦笑いを浮かべた。疲労と諦観《ていかん》がべったりと張り付いている顔だ。

「やめられたらいいのにね、羊飼い」

「あんたはもう辞めたようなもんだろ。能力を使わないって決めてる」

「でも羊はいるし札幌から離れられないわ。私だって家族がいる旭川《あさひかわ》に帰りたいわよ。弟がね、消防士になったって。大事な弟。……もう、長いこと会ってない」

「一度羊飼いになったらもう札幌から離れられない。過去のトラウマと向き合えるなら、旭川でも暮らしていけるだろうがな」

「弟が酔っ払いにスタンガン押しつけられた時の夢を毎晩見て過ごせって？　無茶言うわよ。精神が保《も》たない」

「なら札幌にいるしかない。俺だって姉さんを撃ったときの夢を毎日見るなんてご免だ。二日目で首を吊《つ》る自信がある。……俺たち羊飼いは、札幌って檻に閉じ込められた罪人なんだよ。出ることは許されない」

自分に、言い含めるかのように。

桐也は再び煙草に火をつけ、吸ってからすぐ溜息と共に煙を吐き出した。この二年間溜息ばかりついている。

二年前、警察官として市民の安全を守っていた頃の桐也は輝いていた。生き生きとしていた。

父も母もいなくなり、姉と二人きり。

五歳年上の姉は小さい頃から母親の代わりだった。常に一緒に居た。姉を守りたいから警察官になった――はず、だったのに。

桐也は警察官として姉を撃った。弾は頭を貫通した。

ぐらりと倒れる姉の姿が、「ごめんね」と口を動かす姉の顔が、二年経った今でも頭から離れなくて――。

「なりたくてなったワケじゃないのに。勝手な話よね。……何だったかしら、オール・フォー・

ワン、だっけ？　カミマチが信奉してる神様的なやつ。アレが人を羊飼いにしてるのよね」

「〈宇宙の卵核《オール・オン・ザ・ワン》〉だろ。一人じゃ寂しいからって俺たち羊飼いを側に置いておこうとする困ったお父様。札幌にいるヤツはみんな父の奴隷《どれい》ってわけだ」

「来なきゃ良かったわよ、札幌になんか。北大を目指し始めた十五歳の自分を叩きのめしたいわ」

「せっかく北大出ても羊飼いになったんじゃ形無しだな」

「本当にね。羊協は間違いなくブラック企業だし。嫌になるったら」

「企業というより公社じゃないのか。国の金食ってる連中だぞ」

「言われてみればそうかも。国民も、まさか自分たちの血税がワケも分からない札幌の組織に流れてるなんて夢にも思ってないでしょうね」

そう、羊協は今や政府の一組織だ。国のお偉方からは〝排気孔〟などと揶揄《やゆ》されているようだが。

羊飼いの権利を主張し、羊の安定供給を実現する。それが羊協のスローガンである。

羊飼い達が身を守るために作り上げた組織は、いつしか羊飼いへ抹殺命令を発令する組織へと肥大してしまった。

だが仕方のないことだ。

組織が大きくなれば、過激な思想を持った者達も当然現れる。

――カミマチ。

羊飼いによって構成された犯罪組織。

羊協が中央政府と繋《つな》がっているのに対しカミマチは反社会的勢力等と繋がりがある。組織犯罪の幇助《ほうじょ》から単独犯罪の手助けまで、ありとあらゆることをする。対価として求めるのは金と人材——つまり羊だ。

カミマチ発足時のメンバーは羊協が政府と手を組んだ際、政府と和解することを受け入れられずに羊協から離反した者達と言われている。連中は札幌市民への憎悪を抱き続け、羊協に対する皮肉とも言うべきスローガンを打ち立てた。

〝全市民の羊化による〟羊の安定供給の実現。

そのスローガンを実現すべく、カミマチはどんどん人員を増やしている。ここ最近は羊協役員の暗殺や、研究所襲撃などのテロ行為も増えてきた。

政府と繋がり、羊飼いを守る組織。

反社会的勢力と繋がり、羊飼いを守る組織。

立場こそ違えど目的は同じだ。羊協もカミマチも最終目標は「羊飼いが安定して生きられる世界」である。

それでも桐也達賞金稼ぎは、躊躇いなくカミマチ構成員に〝銃〟を向ける。

理由は単純。——仕事だからだ。

「……ま、羊飼いあるあるな愚痴はまた今度。女漁《あさ》りばかりしてないでたまには私にも付き合いなさいよね。で、状況を教えなさい。あなたの面倒を見ないと流音に怒られるわ」

纏の呆《あき》れを含んだ声は、桐也を思考の中から一瞬ですくい上げた。

「その内な。——それで、姉さんの事件がどうした」

纏は椅子の背もたれに体を預け、深い溜息を漏らす。

桐也も纏も、流音の話をするときは何度も溜息をついてしまう。心の中に溜まる澱《おり》を少しでも吐き出したいからだ。

「放火魔、いたでしょう。……流音を羊にしてたらしい羊飼い」

「それがどうかしたのか」

「また出たのよ」

桐也の指先が動いた。動揺の表れだ。

「また？　どういうことだ。人が焼き殺されたのか」

「仕事先のバーで客が噂《うわさ》してたの。裏は取ってない。石狩《いしかり》の方で椅子に縛り付けられた状態の焼死体があったって。発見されたのは二日前で、警察は一切公表してない。ただの火事ってことで規制テープが張られているそうよ」

「隠蔽してるってことか。二年前と一緒だな」

「焼死体があったっていうのも本当かどうかは分からないけれどね。……でも、もし本当なら」

「姉さんを羊にした奴《やつ》がまた人を燃やし始めたってことか。一度逃げ切ったってのに馬鹿な奴だ。俺としては嬉しいが」

「諦《あきら》めてないのね。あなたは」

「当然だ。犯人を殺す。絶対に殺す。……でないと、姉さんに合わせる顔が無い」

憎悪と殺意に満ちた一声だった。

桐也の精神は未だに二年前の〝あの時〟に囚《とら》われている。全てを塗り替えるような吹雪《ふぶき》の日。姉に引き金を引いた最悪の土曜日。

桐也の姉、斗一流音は羊になって発狂した。毛無しになったのだ。

交番に勤務していた桐也は、流音が大路で包丁を振り回しているという通報を受けて現場に急行した。

包丁は赤く濡《ぬ》れていた。止めようとした纏を切りつけたからだ。

流音は止まらなかった。周囲の人間を全て敵だと判断し、攻撃しようとしていた。流音の視線は近くにいた子供へ向いていた。

——だから、撃った。

流音は一命を取り留めたものの、もう話すことも立ち上がることも出来なくなった。つまり植物状態だ。今は南区の病院に入院している。医者の話では、回復は絶望的とのことだ。

桐也が警察官から羊飼いへと堕《お》ちてしまった転機。

桐也は未だに姉の悪夢に苛《さいな》まれる。札幌《かごのなか》市内にいるというのに。

「……放火事件についての情報、何か調べたか」

纏は頭を振る。

両手はぎゅっと自身の二の腕を掴んでいるようだった。寒いのか、あるいは恐ろしいのか。恐らくはどちらもだろう。

「調べていない。調べようとは思ったわ。私にも知り合いのチャッターくらいいる。……でも」

「いや、調べなくて良い。俺がチャッターに依頼する」

「ごめん、なさい。力になれなくて」

「あんたは羊飼いを引退したんだ。なら首を突っ込むな。毎晩男漁りをして羊を増やす毎日には戻りたくないだろ」

「何だかんだ、優しいわよね」

「身内にはそれなりに気を遣う。あんたは俺の姉代わりだしな。俺としては化粧が濃い上派手なネイルしてる姉はご免なんだが」

——普段相手にしてる女どもを思い出すから。

そこまで言いかけたが、さすがに纏に失礼だと思って口を閉ざした。

「何よ、どんな格好してようが勝手でしょ。そんなこと言ったら私だって煙草臭い陰気な弟なんて嫌よ。でもしょうがないわ、あなたは大親友の弟。忘れ形見みたいなもの。放っておけるワケがないのよ」

「……姉さんはまだ死んでない」

「そう、だったわね。今のは忘れて。——放火の件は確かに伝えたわ。何か分かったらまた教える。でもあまり期待はしないでね」

桐也は多少温くなったコーヒーを口に流し込み、頷いた。

「今度こそ追い詰める。何としてもだ。追い詰めて、殺す。誰にも邪魔はさせない」

「あなたがそう言うのなら、私は止めない。止めない、けれど」

「何だよ」

「……いや、何でもないわ。気にしないで」

纏が何を言おうとしていたのか、桐也は推し量ることができなかった。

二人の間に妙な空気が流れる。――と思った矢先。

「それにしても、ほんっと陰気くさい顔してるわね！　ちゃんと食べてるの？　いつまでも若いと思ってるんじゃないわよ、三十過ぎたら色々あっと言う間なんだから」

纏は桐也の頬を両手で包み込んで乱暴に弄《いじ》くり回した。完全に幼児に対する態度だ。男女がじゃれ合っているというのに全くいやらしさが感じられない。

桐也も「鬱陶しい」という顔はしつつも、慣れているのかされるがままになっている。

「確かに三十を過ぎたらあっと言う間だな。あんたを見てるとそれを実感する」

「どういうことよ、私が年増《としま》だってての？　こう見えても男に不自由はしてないんですけど」

「押しが強いからな、あんたは。これ以上この世に被害者を増やすのはやめた方が良いんじゃないのか。男にだって選ぶ権利はあるだろ」

「言ったわねこのガキ！　もう頭にきた、脇腹こちょばしの刑よ！」

「悪かった許してくれ」

「ダメでぇす。もう遅いわよ」

「いや、今はまずい。ホントにやめてくれ」

上半身をテーブルに押しつけられ、桐也は大分切羽詰まった声を漏らした。

纏が悪戯《いたずら》をしてくるのはいつものことだ。大抵はしばらく子供のように暴れ合って終わるのだが、今はまずい。

――クローゼットの中に、ヨウが隠れてる。

「今はってどういうことよ。別に怪我《けが》してるワケでもないんでしょ？」

「悪かった、俺が悪かった。あんたは年の割に若く見える美人だよ」

「なーんか怪しいわね。何か隠してるんじゃないの？　さっきから様子変よ。チラチラ変な所見てるし」

「隠してない。気のせいだ」

「この私に嘘つくなんて良い度胸ね。正直に……言いなさい！」

ガタン、と大きな音がした。脇腹をくすぐられた桐也がテーブルを蹴《け》った音だ。

「ふはっ、ちょ、やめ、ホントやめてくれ。何でもない、何もないから」

桐也はジタバタと暴れたが纏を突き放すことは叶わなかった。纏は見かけによらず力があるため、いつも押し負けてしまう。

テーブルを蹴る音が何度も部屋に響く。

端から見れば纏が桐也を襲っているように見えるだろう。

いや、見えた。

いいや、見えたのだ。

だからこそクローゼットは派手な音を立てて内側から押し開けられた。桐也が危惧《きぐ》したことは、あっさりと現実になってしまった。

クローゼットから飛び出してきたヨウは、僅かに眉を顰めて纏を押し飛ばす。「桐也に触らないで」と言わんばかりに。今のヨウはさながら浮気現場に遭遇した妻のようだった。

一方で纏は突然現れた子供に呆然としている。当然の反応である。

桐也は、テーブルに背中を預けたまま両手を力なく広げた。

口から吐き出されたのは、この世の――いや、宇宙の終わりめいた深い深い溜息だった。

□

刺々《とげとげ》しい沈黙に煙草の煙が漂う。

まるで企業の面接だ。

桐也は椅子に座り、ぷかぷかと紫煙を燻《くゆ》らせている。隣には無表情に突っ立っているヨウ。

テーブルを挟んで反対側では纏が腕を組んで押し黙っていた。一文字に引き結ばれた唇と眉間に寄った皺《しわ》には、たっぷりの懐疑と困惑が湛えられている。

訝るのは無理もない。

クローゼットから見知らぬ子供が飛び出してきたのだ。普通ならば驚く。

纏は自身を落ち着かせるためか缶コーヒーをもう一本開けて飲み干し、ようやく口を開いた。

「なるほど？　つまりこの子は羊になるために生まれてきた人造人間で、あなたに一目惚《ひとめぼ》れしてストーカーしたというワケね？　言い訳にしては中々面白い設定だわ」

桐也は煙草の灰を灰皿に落とし、露骨に眉を顰めた。

「設定じゃない。いや、設定なのかもしれないが、少なくとも俺が考えたわけじゃない。全部こいつが言ったことだ」

「……本当なの、ヨウちゃん？」

ヨウは何度も首を縦に振った。

扉を叩いていた時と同じく随分と単調な動きだ。プログラムに従って動く機械のようで不気味だった。

「あなたがそんな顔をする理由が少し分かった気がするわ。確かにこれは厄介かも」

「理解して貰えたようで何よりだ」

「消耗しない羊って、そんなのあり得るの？　羊にさせるために感情を抑制してるだなんて、あまりに非人道的過ぎるわよ。名前も与えないで……まるで」

「実験体みたい、か？　そう思ったなら奇遇だな。俺も同じことを思ってた」

「ヨウちゃんを前にしてあまりハッキリとは言いたくなかったけれど……ええ、そうね。実験体めいてる」

申し訳なさそうな表情だ。

纏は羊飼いとは思えない程に慈悲深い性格をしているため、ヨウという〝備品として製造された〟存在が哀れでならないのだろう。

同時に、纏はヨウに面影を感じている。流音の面影を。

ヨウに向けられる纏の視線は、大親友に向けられる視線に通じるものがあった。

「まず生まれてから二年しか経ってないっていうのがあり得ないのよ。つまり二歳ってことでしょ？　でも見た感じ十三、四歳くらいに見える」

「こいつが言うには、成長が早かったんだそうだ。普通に考えてあり得ないが」

「あり得ないわよ。あり得ないけど……ヨウちゃんがそう言うなら、そうなのかもしれない。羊飼いなんてものがいる街なんだもの、急成長する人造人間がいてもおかしくはないわ」

「いやおかしいだろ」

「俺だって人造人間云々《うんぬん》の話は信じてない。ただの妄想だろ、どうせ」

「でも現にいるじゃない。ここに。ヨウちゃんが。私には、ただの人間にしか見えないけれど」

「本当に妄想なら良いけれどね。……そういえば、ヨウちゃんって女の子よね？　勝手にちゃん付けで呼んじゃってるけど」

ヨウは小首を傾げた。分からないのだ。先ほどもそう言っていた。

――性別が分からないなどあり得るのだろうか。生まれてこの方自分の体を見たことがないとでも。というより、今ここで体を確認すればいいのでは。

「性別が分からないんだそうだ。だからあんたが脱がして確認してくれ」

「分からない？　何それ、どういうこと。心と体で性別が一致しないとか？」

「俺に聞くな。とにかくこいつは自分の性別を把握してない。別に俺が服を引っぺがして確認してもいいんだが、女だった場合ちょっと、何だ、何かアレだろ」

「はいはい、分かったわよ。私が見るわよ。何よ、何だかんだであなたもヨウちゃんを人間扱いしてるんじゃない」

纏はヨウを寝室へと連れて行き、襖《ふすま》をぴしゃりと閉じた。「女の子のお着替えを見ないで」と言わんばかりに。

衣擦《きぬず》れの音が聞こえる。

襖はぴったりと閉まっているというのに、桐也はなぜか寝室に背を向けていた。まじまじ見つめるものでもないと思ったからだ。

——人間扱いしているのだろうか。そもそも見た目が人間と変わらないものを、人外として扱えという方が難しい。だがもしヨウが本当に〝人造人間〟なのであれば……何なのか。羊にするとでも。

「ねえ桐也、ちょっと聞きたいのだけど」

寝室からの声に、桐也は軽く肩を跳ねさせた。その拍子に煙草の灰が落ちた。

「何だよ」

「あなたって、性別を判断するとき何を重要視するタイプ?」

「……はあ?」

「胸のあるなし?　それともナニのあるなし?」

「酔ってるのか?」

「酔ってないわよ失礼ね。真剣に聞いてるの」

――性別を判断する時に何を重要視するか。今まで考えたことがなかった。むしろ考えたことのある人間がいるのか。

「少なくとも、ナニがあるヤツを女とは判断できないな。胸は……女でも無いヤツがいるだろ」

「今全国の貧乳を敵に回したわよ。……なるほど、分かったわ。参考になった」

「どういうことだよ。ヨウの性別はどっちなんだ」

「今の回答でヨウちゃんの性別が確定したわ。――女の子よ」

性別が確定した。

妙な言い回しだ。普通は体を見ればすぐに分かるはずなのに。

――分からないのか。

「どういうことだ」

「見ればすぐ分かるだろうけど、ヨウちゃんが女の子だと判断された以上見せるわけにはいかないわ。――ヨウちゃん、ちょっと胸触っていい？　うん、ありがとう。痛かったら言って」

「ヨウ。そういう時はセクハラだって叫べ」

「ちょっと、変なこと教えないで」

案の定ヨウはセクハラと平坦《へいたん》な声で言った。意味は分かってないだろう。

「ああもう、覚えちゃったじゃないのよ。あのねヨウちゃん、これは――いや、セクハラなのかしら」

「セクハラって何？　初めて聞く」

「嫌いな人に体をべたべた触られることよ。そう考えると、今セクハラしてるのかもしれないわね」

「嫌いな人に触られることをセクハラだと言うのなら、これは違うと思う。……ヨウは、纏のことは嫌いじゃない」

「あら、そうなの？　ちょっと意外」

「桐也は纏のことを大事に思ってる。桐也が大事にしてる人は、ヨウにとっても大事な人。……だから、纏のことは好き。触られても嫌じゃない」

「だ、そうだけど、何か言うことはあるかしら。桐也」

寝室に背を向け、忌々しげに顔を歪《ゆが》めたまま、桐也は煙草の煙を吐く。

その薄い唇が返答を繕《つくろ》うことはなかった。

「バツが悪くなったらすーぐ無視するんだもの。そういう所まだまだお子ちゃまなのよね。……さて、話を戻すわ。ヨウちゃんの体についてだけど」

再び衣擦れの音。今度は服を着せている音だ。

着替えが終わったのか、纏とヨウは寝室の襖を勢いよく開いて居間に戻ってきた。桐也もテーブル側へと体を向け直す。

「単刀直入に言うわ。この子の体は人とは違う。両性……というより、無性に近いのかもしれないわね」

「どういう意味だ」

「ヨウちゃんには男性器がない。見た限りでは女性器がある。でも、骨盤の形は男性的だし、胸部は明らかに男性なのよ。だから聞いたの。何を以《もっ》て男と見るか、女と見るか」

桐也は僅かに眉を顰め、ヨウの華奢《きゃしゃ》な体軀《たいく》を見た。

下半身が女で、上半身が男。

纏の言葉が本当ならば、ヨウは確かに両性だ。あるいは男でも女でもない。

――そんなことがあり得るのだろうか。

「人間っていうのは、受精卵の時点では全て女性なのだそうよ。そこから女のままで成長するか、男になるかが分岐する。ミュラー管、ウォルフ管って話になるけど、まあそれは置いておくとして」

「さすが北大出身者は頭が良いな。大学行ってない俺にはさっぱりだ」

「あなたは警察学校に行ってたでしょ。そんな話はいいのよ……私はこう言いたいわけ。ヨウちゃんは、男性になる途中で成長が止まってしまった」

「まだ分かりづらい。馬鹿にも分かるように言ってくれ」

「馬鹿は私の方よ。……私は、あまりにも馬鹿げた仮説を立ててる。笑い飛ばして欲しいくらいだわ。お前は馬鹿だって」

「何だ。はっきり言え」

「ヨウちゃんは、人為的に成長させられた可能性がある。つまり、つまりね。二年前に生まれたという話はあながち嘘ではないかも、ということ」

しん、とした。

桐也は煙草を口に運びかけたまま硬直している。瞬《まばた》きをすることさえ忘れていた。

——二年前に生まれた？　あり得ない。ヨウの見た目はどう考えても十三、四歳だ。

人間を人為的に急成長させたなど、そんなもの冗談抜きの試験管ベビーである。

「ハッキリしたことは言えないわ。全部推測。だから信じるかどうかはあなたに任せる。私は、あくまで可能性の話をしただけ」

「ヨウがもし本当に二歳なら、消耗しない羊というのも信憑性《しんぴょうせい》が増してくるな」

「そうね。ヨウちゃんを羊にするの？　ヨウちゃんは乗り気のようだから、刻印行動は問題なく達成できるでしょうね」

「いや——」

桐也は灰皿に煙草を押し付け、目を細めた。

「羊にはしない。……こいつをどうするかは、とりあえず明日考える。石狩に行った後にな」

桐也はヨウに視線を置こうとはしなかった。ヨウが今どんな顔をしているか容易に想像ができるからだ。

捨てられた子犬のような、惨めな顔。

姉に似た顔。姉に似た目。

かつての自分自身に似た表情。

——見たくない。

押し込めてきたのに。目を逸らしてきたのに。

煙草と酒で麻酔をかけ続けた傷が、ズキズキと痛み出してしまう。

「私は口出ししないわ。もう羊飼いでもないんだし。あなたがしたいようにすればいいと思う。……ただ、一つだけ年増のお節介をしたげる」

「何だ」

「ヨウちゃんは、本当にあなたのことが好きなんだと思う。同じ女としての勘よ。──あなたにとっては、どうでも良いことかもしれないけど」

桐也は鼻で笑った。

何かを誤魔化すような、あるいは振り払うような嘲弄《ちょうろう》だった。

「そいつは女でも男でもない出来損ない人間なんだろ？　俺に執着するのは好きだとか嫌いだとかじゃなく、軽鴨《かるがも》が親の後ろついて回るようなモンだ」

纏は返事をしなかった。憐憫《れんびん》の視線を桐也へ向けるばかりだ。

纏の視線の意味を桐也は理解している。だからこそ余計に苛立《いらだ》った。

「俺は、軽鴨の親にはなれない。なる気もない。──だから、多分こいつとは明日でおさらばだろう」

桐也はなおもヨウから目を逸らし続けた。

視界の端にチラつくヨウが悲しげに眉を顰めてもなお、その目を直視することは叶わなかった。

2

焦げつき〈FIRST SIGHT〉

空気が酷《ひど》く冷たかった。

今晩雪が降るらしい。気温も一月下旬並みまで落ち込むそうで、水道凍結の注意報まで出ていた。

普段桐也は外出する際水を抜いてから出ていたが、今日はそうしなかった。

部屋に人がいるからだ。

「寒《さむ》いな……」

桐也はヘルメットを外し、頭を振った。パサパサの金髪が冬の潮風の中で揺れた。

息が白く染まる。

こんな気温の中バイクに乗るなど正気の沙汰《さた》ではない。

だが桐也にとっての移動手段はバイクくらいなものだ。根雪になると乗れなくなるのは玉に瑕《きず》だが、小回りが利くという点で車よりも優秀である。

桐也はバイクに鍵《かぎ》をかけ、ボロボロのコンクリートを歩いていった。

頭上にはペンキを塗りたくったような曇天があり、左方には緑と灰色が混じり合った日本海が広がっている。

海の汚らしさはここ数年でより顕著になった。時折ゴポッと気泡を弾《はじ》けさせる様はもはや海というより沼地だ。

コンクリート道の端には申し訳程度に「転落注意」というプロジェクション・サインが表示されている。

桐也は石狩市の海沿いに来ていた。少し歩けば石狩湾新港——焼死体が見つかったと噂《うわさ》されている場所に着く。

昨晩は結局、午前四時に寝る羽目になった。しかも、ヨウにベッドを使わせたため、桐也が寝たのはソファーだった。起床したのは午前九時。五時間寝られただけでも良しとすべきか。

昨晩桐也は〝石狩市での放火事件〟について知り合いのチャッター数人に情報提供を呼びかけた。

返信してくれたのは一人。八尺《はちしゃく》というハンドルネームで知られるBランクチャッターだ。美鶴と違い桐也の専属ではないため、情報提供料はそれなりの額だった。

だが背に腹は代えられない。

桐也は八尺から得た情報を受け、こうして石狩湾新港にある廃倉庫へと足を運んでいた。

ちなみにヨウはアパートで待機させている。

映画見放題サービスが利用できるタブレットを与えたので、暇になることはないだろう。幼児を留守番させる際アニメを見せる手口に似ている。ヨウの場合は〝社会勉強〟という面も大きいのだが。

──ヨウをどうするか。

桐也は先ほどから何度もその問題にぶつかりつつも、目を逸《そ》らしていた。

作られた人間とはいえヨウは生き物だ。限りなく人間に近い生命。その辺に捨て置くことなどできない。

「……ん？」

はた、と桐也は足を止めた。前方から車が近づいてきたからだ。しかも黒塗りの高級車。寂《さび》れた港には凡《およ》そ似つかわしくない乗り物である。間違いなく漁港関係者の車ではないだろう。

──誰《だれ》だ。こんなところに一体何の用が。

「おや、君は」

高級車の後部座席に座っていた男は、桐也の姿を確認するが早いか目を瞬《しばたた》いた。桐也も同様に瞼《まぶた》を上下させている。

男の合図を受け、高級車はぴたりと止まった。

「君は……斗一君じゃないかな？　そうだ、間違いない。斗一桐也巡査だね。ああすまない、もう退職したのだったか」

後部座席から桐也を見上げているのは凜《りん》とした顔立ちの中年男性だった。白髪交じりの髪を撫《な》で付け、高級そうな眼鏡をかけている。

男は人の上に立つ者としての目をしている。

事実、男は北海道警察羊飼対策課——通称〝羊対課〟のトップ、布垣浩一郎《ぬのがきこういちろう》その人だった。

羊飼対策課は刑事部に属する一つの課だが、その存在を知る者は限られている。羊協と繋《つな》がり、札幌市内における羊飼い関係の事件を捜査——いや、主に隠蔽《いんぺい》する連中だ。道警の中でも独立した部署のため、トップの布垣は課長という立場ながら相当な権力を持つ。

——そんな人物が、なぜここに。

「布垣課長……ですよね、羊対課の。俺《おれ》なんかのことをご存じなんですか」

「勿論《もちろん》知っているとも！　いや、まあ……君のことを知ったのは君が警察を退職した後だがね。お姉さんのことは気の毒だった。あんな事件に巻き込まれるとは」

「姉はまだ死んでいません。死んだように言うのはやめてください」

——あの事件を隠蔽した癖に。

喉《のど》まで出かかったが、口に出すのは抑えた。

「すまない。そんなつもりはなかった。いや、だが、配慮が足りなかった。謝罪するよ」

布垣は心底申し訳なさそうに眉《まゆ》を顰《ひそ》めた。人の良さが顔に滲《にじ》み出ている。

桐也が布垣について知ったのは警察を辞めた後——つまり羊飼いになった後だったが、人格者だという噂は度々耳に入っていた。どうやら事実のようだ。

それでも桐也は、「放火魔事件を隠蔽した人物」という印象を拭《ぬぐ》えずにいるのだが。

「お姉さんのことはね、他人事《ひとごと》とは思えないんだ。この札幌に住んでいる以上誰しもが羊飼いになる可能性を持っているし、誰しもが羊にされる危険性を孕《はら》んでいる」

「あなたは確か、羊飼いではないんでしたね。羊対課には羊飼いがいないとか」

「いないとも。羊飼いになった職員は全員警察を辞めてもらっている。——我々は羊飼いを追う側であって、羊飼いに寄り添う者達ではない」

「じゃあ、俺のことも逮捕しますか。今ここで」

「何を言う。君は犯罪者じゃないだろう。……ここに来た理由は、アレかな。放火魔の噂」

「話が早い。ええそうです。二年前に出没した放火魔が帰ってきた——そんな噂を聞いたものですから」

まさか布垣の方から放火魔の話題が飛び出してくるとは。

——だが好都合だ。これで隠す必要もなくなった。心置きなく、布垣から情報を引き出せる。

「二年前、姉さんを羊にした男は火に関する刻印行動の持ち主だった。同時期に放火事件、焼死事件が相次いでいたことを考えると、放火魔が姉さんの羊飼いだった可能性は高い」

「もしその仮説が正しいとして、君はどうするのかね」

「——殺します」

布垣の片眉が持ち上がった。

驚いているのか、警戒しているのか、良く分からない表情だ。

「ハッキリと言ってくれるものだよ。羊対課とはいえ私は警察の人間だ。忘れていたかね？」

「俺は羊協に登録している羊飼いです。忘れていましたか？　あるいは最初からご存じなかった？　俺は羊協からの〝処理〟依頼を受けられる立場にある」

「なるほど、賞金首か。放火魔が羊飼いであることを立証し、賞金首として登録させると」

「放火魔は羊を発狂させ、市民も数名殺害している。カミマチ所属の羊飼いである可能性も否《いな》めない。……今度こそ、逃がしません」

「迷いの無い目だ。羨《うらや》ましいくらいに」

――迷っていないのではなく、前に進んでいないだけだ。二年前から一歩も進んでいない。ぐらりと倒れた流音の姿を頭の中で何度も何度も反芻《はんすう》し、踏みだせずにいる。

「きっと君は私のことを恨んでいるだろうね。羊対課は放火事件を隠蔽している」

「恨んではいません。信頼もしていませんが」

「ははは、正直だ。だがね、たとえ反感を買おうとも羊飼いという存在は徹底的に隠蔽しなければならない。それが我々羊対課の仕事だ」

「分かっていますよ。羊対課の努力があるからこそ札幌市民は平和に暮らしている。羊飼いなんてものが公になればパニックは避けられない」

「そうとも。……ところで、話は変わるのだが」

布垣は僅《わず》かに眉を顰め、一度言いにくそうに口元を手で押さえた。

「どうかしましたか」

「昨日の夜、羊対課が運んでいた荷物がカミマチに奪われてね。カミマチは羊協が対処してくれたから良いのだが……」

対処したのは俺です——と桐也は言わなかった。

羊協は基本的に、依頼を達成した羊飼いの名前を伏せる。どこから個人情報が漏れるか分からないからだ。

「いや、気にしないでくれ。何でもないのだ」

「何ですか、すっきりしない。何か問題があるのなら羊協に連絡しては?」

「しているとも。羊協専属の羊飼いを派遣してもらっていてね。対応にあたっている」

「そうですか」

羊協専属羊飼い。そんなものまで出張ってくるなど相当な大事だ。

昨晩、カミマチ構成員は確かに殺したはず。脈も確認したのでまず間違いない。

「ええと、君は放火事件の現場に行くつもりだったのだね。呼び止めてすまなかったよ。一般人ならば引き返して貰《もら》うところだが、君はもう一般人ではない。立ち入ることを許可しよう。現場はこの先の廃倉庫だ」

「ありがとうございます。止められても無理矢理行くつもりでしたが」

「乱暴な若者だ、全く。警備の者にはしばらく外すよう伝えておこう。現場は荒らしてくれるなよ?　捜査員が困り果ててしまうからね」

「善処します」

布垣は男らしい笑みを浮かべ、後部座席の窓から手を伸ばした。握手を求めているのだろう。

「すみません、布垣課長。握手には応じないようにしているんです」

「おや。それはまたどうして」

「誰がどんな能力を持っているか、分かったものではありませんから」

布垣は瞼をパチパチと上下させた。呆気《あっけ》にとられている様子だ。――と思いきや、布垣は子供のように笑った。

「ははは、一本取られた！　君が羊飼いでさえなければ、今すぐにでも羊対課にスカウトしたのに」

「もう警察は辞めました。戻るつもりもありません」

「だろうな。うん、本当に……二年前のことは痛ましかった。私も心に留めておかねば」

――嘘《うそ》、ではなさそうだ。

布垣は心の底から二年前の事件を痛ましいものと思っている。羊対課の課長にとっては、羊が発狂して内密に〝処理〟されるなど珍しいことではないだろうに。

「引き留めてすまなかったね、斗一君。機会があればまた会おう」

布垣が言い終えるが早いか、後部座席の窓ガラスは自動的に閉じた。

桐也からの返事を待つこと無く、黒塗りの車は走り去っていく。

桐也はしばらくの間、小さくなっていく車を睨《ね》め付けていた。なぜ眉間《みけん》に皺《しわ》が寄っているのか――その理由は桐也自身にも理解できなかった。

□

廃倉庫の中は想像以上に酷い有様だった。

五十坪ほどの、それなりに広い倉庫。壁に沿って足場が設置されており、クレーンなどを操作できる仕組みである。だが肝心のクレーンは錆《さ》び付いていてとてもじゃないが使い物にならないだろうし、足場自体も所々抜け落ちている。天井は大きく穴が空いており、冬の日差しが倉庫の中に差し込んでいた。

まるでB級ホラー映画のセットのようだ。

廃材や鉄骨があちこちに散乱しているし、全体的に錆び付きが酷い。火災のせいで荒廃しているのか、元々荒廃していたのかは不明だ。

だがこの廃倉庫で人が燃やされたのは恐らく事実だろう。

倉庫の真ん中には黒焦げになった椅子《いす》が一脚置いてある。椅子に座る者はいないが、椅子が誰かを縛り付けていたことは明白だった。椅子にベルトや鎖を固定するための金具がついている。

――放火魔。

二年前にも一度出没したシリアルキラー。

放火魔は当初アパートの共用部や民家の庭に火をつけるような、つまらない小悪党だった。主な行動範囲は白石区。だが件数を重ねるごとに豊平区や厚別《あつべつ》区にも広がっていき、事件はそれなりの知名度を得ることになった。

ある日、白石区で野良猫の焼死体が大量に見つかった。警察はこの段階ではまだ羊飼いの仕業だとは判断していなかったそうで、第一課が捜査に当たっていたらしい。桐也もパトロールの際には不審者がいないか気を配っていた。

女性の焼死体が見つかったのは、猫の死体が見つかってから一週間後のことだった。

二年前に殺害されたのは二人。どちらも一般人だ。

だが、放火魔が人を殺した事実は公表されていない。焼き殺された二人は札幌の闇《やみ》に葬られた。

だからこそ放火魔は依然として〝放火魔〟と呼称されている。人を殺した事実が認知されていないからだ。

今回も犠牲となった人物が公表されることはないだろう。

札幌を実質的に支配しているのは羊飼い達――つまり羊協だ。羊協がよくない、と判断すれば何もかもが隠蔽される。行政も、警察も、病院も羊協の支配下にあるからだ。

だが羊飼いが羊飼いを殺す分には問題ない。処分依頼があれば尚《なお》良い。

――とにかく、能力の〝残滓《ざんし》〟を持ち帰らねば。

「さすがに遺体は残ってないか。へばり付いてる可能性に賭《か》けるしか無いな」

誰に言うワケでもなく独りごち、桐也は焦げ付いた椅子の肘《ひじ》置《お》き部分をピンセットでそぎ落として回収した。少し削っただけだ、現場を荒らした内には入らないだろう。

へばり付いてるというのはつまり、被害者の皮膚のことである。

チャッターが羊飼いに関する検索をする際には、能力を行使された対象を媒介とするのが一般的なやり方だ。最も望ましいのは能力を受けた人間、あるいは遺体。その次に無機物。椅子に被害者の皮膚が残っていない場合は〝無機物残滓〟となる。情報提供料が跳ね上がるのは覚悟しておかなければならないだろう。

——だが、構わない。何か手掛かりが得られるのなら。もう二度と、逃がすわけには……。

「ん……？」

桐也は微《かす》かに眉を顰めた。

倉庫の外から足音が聞こえる。警備の警察官だろうか。

足音は一つ。随分とゆっくりだ。足音の主は足を引きずる癖があるらしい。

——違う。近づいてきているのは警察官じゃない。

桐也はデリンジャー型のライターを右手に構え、指の間に小型の釘《くぎ》や剃刀《かみそり》を挟んだ。

普段使っているグロックを模したモデルガンはかさばるため携帯していない。デリンジャー型ライターは持ち運ぶのには便利だが、威力に欠ける。そのため銃弾の殺傷能力を上げなければならない。

「手を挙げろ、不審者！　ここは立ち入り禁止だ」

倉庫の入口にバッと現れた影は、銃を桐也へ向けて弱々しい声をあげた。両手で銃把《じゅうは》をしっかりと握り込んでいる様が何だか情けない。

警官のような物言いだが、見張りならば話は通っているはずだ。布垣浩一郎が嘘をついていなければ。

それによく見ると現れた男は制服を着ていない。随分とボディラインの目立つ黒い服――ラバータイツのようなものを身に纏《まと》っている。

はげ上がった頭に落ちくぼんだ目。紫色の唇。頭部に彫り込まれた「ecstasy」という字。

しかも男が手にしているのは水鉄砲だ。縁日の景品で貰えるような、いかにも安っぽい代物。桐也がたまに使用する水鉄砲よりもずっと玩具《おもちゃ》めいていた。

「今すぐ外に出なさい、ここは事件現場だ！　何のつもりで立ち入ったんだお前」

「お前こそ誰だ。そんな格好に玩具の銃で、まさか警官じゃないだろ？　あと俺は責任者から立ち入りの許可を貰ってる」

桐也のデリンジャーが男へと向けられた。昨日遭遇した〝炭酸水男〟を彷彿《ほうふつ》とさせる、痩《や》せぎすの男へと。

男は何度か目を瞬いてみせたが、猫を被《かぶ》っても無駄だと判断したのか――。

「ふぅむ……警官ごっこは失敗ですねえ。あわよくば楽に始末してしまおうと思っていたのですが」

口元を三日月に引き裂いて小首を傾《かし》げた。

「それにしても、こうして銃を突きつけ合っているとアレですなあ。西部劇のようですねえ。どちらが先に引き金を引くか、その駆け引き！　羊飼い同士の戦いはスリリングでなければ」

「おい変質者、ひとつ聞かせろ」

「あんまりな呼び方！　ウェビーとお呼び下さい、ミスタ・ガンナー。私は仲間からそう呼ばれていますので」

「なら変態、ひとつ聞かせてくれ。お前の仲間っていうのは誰だ」

「仲間？　異なことを仰《おっしゃ》る。私は札幌にいる全《すべ》ての羊飼いの味方です。私達は羊飼いを助けるためにせこせこ働き、羊飼いを集めるためにあちこち回り、その報酬として羊を貰う。全ては世のため、羊飼いのため。――自分のため」

「お前……カミマチか」

男は目を見開き、引き金にかけた指に力を込めた。

「その通りでェす！　あなたの命、ここで頂戴《ちょうだい》――あっ」

引き金が引かれることはなかった。それより先に、数十本の釘が男の水鉄砲を穴あきにしたからだ。男の手にも釘が刺さり込んでいる。

どちらが先に引き金を引くか。その戦いを制したのは桐也の方だった。

男がどんな能力の持ち主なのかは不明だが、わざわざ水鉄砲を持ち出した以上〝銃〟が必要な能力なのだろう。あるいは〝炭酸水男〟のように水を媒介にする能力なのか。

――どのみち、もう水鉄砲は無い。あとは首筋を剃刀で切り裂けば終《しま》いだ。

「カミマチが俺に何の用だ。敵討《かたきう》ちのつもりか」

桐也は銃を構えたまま男との距離を詰めていく。

グロックであれば遠くからでも命中させられるだろうが、デリンジャーでは命中精度に不安が残る。桐也の能力は媒介武器が実銃から離れれば離れるほど、銃としての性能が落ちるからだ。

「敵討ち？　まさかですよ。あなたを始末するよう依頼を受けましてね。つまりお仕事というわけです」

「依頼主は誰だ」

「言うとお思いで？」

「それもそうか。なら死ね」

頸動脈《けいどうみゃく》を確実に切り裂くためにはあと数歩。

男は倉庫の入口に突っ立ったまま動かない。

――仕留めるなら、今だ。

「おやおや、情け容赦がなくていらっしゃる。けれど残念、私は蜘蛛《くも》でして。……こーいうことも出来るワケです」

桐也が引き金を引こうとした刹那《せつな》、蜘蛛男の足下から白っぽい何かが勢いよく噴き出した。

白く粘着質なものが桐也の右手と銃を搦《から》め取っている。糸は蜘蛛男の足下――踏みつけられているホースから伸びているようだ。

――やはり、水を変質させる能力者。

「何だよこれ、気持ち悪いな！」

銃口を下げ、蜘蛛男へ撃ち出すつもりだった剃刀を糸に見舞う。ロープほどの太さがあった糸は四枚の剃刀によって切り裂かれ、ブチッと派手な音を立てて千切れた。

だが、次の刹那――。

「用意というのは大事ですよ、ミスタ・ガンナー。何事も、有利な状況を作り出すことが勝利への近道でしょう、ケヒヒッ」

――雨。いや違う。

天井に開いた穴からスプリンクラーのように水滴が降り注いでいる。

雨はどんどん白い糸を形成し、気づけば倉庫内は蜘蛛の巣が張り巡らされているような、不気味な様相を呈していた。

少し動けば糸に触れてしまう。

先ほど桐也の右手を捉《とら》えた糸とは違い、倉庫内に張り巡らされている糸はさほど太くない。毛糸程度の太さだ。だが千切るためにはそれなりの力がいるだろう。糸の中を掻《か》い潜《くぐ》って移動するのは骨が折れそうだ。

蜘蛛男は、張り巡らされた糸の中を縦横無尽に移動していた。四本足で動く様は正しく蜘蛛だ。黒いタイツを着ているせいで余計に蜘蛛らしく見える。

「〈慈悲の一滴〉《サイケデリック・ラブト》。――ようこそ私の巣の中へ。あなたはすっかり、私の獲物と成り果てました！」

蜘蛛男がカサカサと音を立てて巣の中を高速移動している。

桐也はデリンジャーで蜘蛛男を追ったが、捉えられない。巣を形成してしまった蜘蛛男を捉えるのは至難の業だろう。

「焦ってますねェ、良いですよ、良いですとも。あなたを始末すればフロスティ君も浮かばれます」

「誰だ、それ」

「あなたがぶち殺した、可哀想《かわいそう》な羊飼いですよォ。液体を凍結させる力の持ち主。同じ液体系能力者として可愛《かわい》がっていたんです、それこそ弟みたいに」

——昨晩始末した〝炭酸水男〟のことか。

「彼は自分の血液が混ざった水を凍結させる能力を持っていました。ペットボトル入りの炭酸水を振って使う、というのは中々良い考えだったと思いますよ。でも、死んでしまいました！　ああ、残念ンッ」

「べらべらとお喋《しゃべ》りなヤツだな。余裕の表れか？」

「その通りでェす！　ちなみに、私の能力〈慈悲の一滴《サイケデリック・ラプト》〉は水に何を混ぜると思いますか？　ハイッ三秒以内に答えて。三、二、一！」

「知るかよ」

「ブブー、不正解ッ。正解は精液でした！　ヒャハハハハッ！」

一瞬のうちに桐也の全身が粟立《あわだ》った。

——今何と言った。この変態蜘蛛男は何を水に混ぜていると言った。

糸の中を無理矢理に突き進むという選択肢は今この瞬間に消え失《う》せた。

となると、蜘蛛男が油断している間に脳天を撃ち抜くほかなさそうだが——。

「キヒッ、今、音……ッ！　この音は」

様子が変だ。

蜘蛛男は辺りをキョロキョロと見回しながら必死に顔の前で手を振っている。虫を払う動作に近い。いや、事実虫を払っているのかもしれない。

羽音がする。大きな虫の羽音だ。蜂《はち》か何かだろう。

蜂。

――この真冬に？

「蜂ッ！　アアッ、蜂は嫌です！」

ブン、ブン、と嫌な羽音が倉庫内に響いている。

蜘蛛男はしばらくの間逃げ惑っていたが、とうとう耐えきれなくなったのか倉庫から逃げていった。

蜂の羽音はもう聞こえない。

桐也は軽く溜息《ためいき》をつき、心底嫌そうに周囲を見回した。白い糸の元となっているのは精液の混じった水だ。糸に囲まれているだけのこの状況ですら吐き気を覚える。

その時ふと、桐也の足下に長い鉄骨が落ちた。

倉庫の入口に何者かの影がある。黒いケープを纏った長身の男だ。

その人影を見て、桐也は自嘲《じちょう》と安堵《あんど》の入り交じった深い深い溜息を吐いた。

「お前だったのか、伊織《いおり》。どうりでこんな季節に蜂がいるワケだ」

ロングコートの男が伸ばした手、その筋張った指先に蜂が止まる。先ほど蜘蛛男を撃退した大きな蜂――スズメバチだ。

男は蜂をコートの中に仕舞うと、感情の読み取れない微笑を浮かべた。

邪悪にも思えるその笑みは、確かに友人の無事を喜ぶものだった。

□

「あ、俺はコーヒー飲めないんで何か別の……これにします。ミックスフルーツジュース。あと……キィくんはコーヒーでいい？　ホットコーヒー一つ」

注文を聞き終えた店員は逃げるように場から去って行った。

無理も無い。

今桐也の向かいに座っている男――蝶谷《ちょうや》伊織は相当に不気味な見た目をしている。不気味というのは語弊《ごへい》があるかもしれない。厳密に言えば危なそうな見た目だ。

パーマのかかった黒髪は男にしては長く、右目をすっかり覆い隠している。瞳《ひとみ》は塗りつぶしたような黒。その上三白眼だ。目の下には隈《くま》があり、瘦身《そうしん》なのも相まっていつも不健康そうだった。

伊織は冬でも夏でも黒いケープを纏っている。傍《はた》から見ればボロ布にも見える代物だ。冬はまだ良いが、夏は完全に不審者である。

「なあお前、角砂糖食うのやめろよ。糖尿病になるぞ」

こっそり角砂糖を一つ失敬していた伊織は、親に叱《しか》られた子供のように眉尻《まゆじり》を下げた。右手は未《いま》だに角砂糖を持っている。戻すに戻せないのだろう。

「ああもう、ここ置いとけ。俺が後で使う」

普段コーヒーに砂糖を入れることはないのだが、仕方がない。そのまま置いておくのも店に失礼だろう。

桐也は備え付けの紙ナプキンをテーブルに広げ、角砂糖の仮置き場とした。

桐也と伊織がいるのは石狩市内にある喫茶店だ。

店は広いが客は少ない。羊飼い同士が話をするには絶好のロケーションである。二人が座っているのは窓際にある入口から離れた席なのでさらに良かった。話に聞き耳を立てる人間も、伊織の異様な風貌《ふうぼう》に眉を顰める人間もいない。

時刻は二時半。窓の外には寒々とした空が広がっている。

桐也は煙草《タバコ》を懐《ふところ》から取り出し、テーブルに備え付けられている灰皿を引き寄せた。だが目の前にいるのが伊織であることを再認識し、灰皿を元の場所に戻した。

伊織は煙草の煙を嫌う。

正確に言うと、煙を嫌うのは伊織自身ではないのだが。

「気を遣《つか》わせてごめんね、キィくん」

「いや、いい。……それにしても、まさかこんな所で会うなんてな。札幌じゃ全然会うことがないのに」

「仕事だったんだ。お偉いさんの下で働いていてね。羊対課の……布垣さんって人。知ってる？」

「当たり前だ。というか、さっき会った」

「そうだったんだ。確かに現場見に来るって言ってたかも」

「羊協から羊飼いを派遣して貰ったと言ってたが、お前のことだったんだな。B++ランクの羊飼いを派遣するなんて羊協も焦ってんのか」

伊織は少しだけはにかみ、人差し指で頰《ほお》を搔《か》いた。

「実はこの間Aランクになったんだ。大した能力じゃないんだけど」

「大した能力だろ。少なくとも俺は食らいたくない。絶対に」

「よく言われる。そんなに嫌なものかな」

「嫌だろ」

伊織は無表情のまま唇を尖《とが》らせ、ケープの内側からミントタブレットのケースを取り出した。一瞬ケースの上を蜘蛛が這《は》っているのが見えたが、桐也は見なかったことにした。

伊織が取り出したのは間違いなくミントタブレットのケースだ。だが中に入っているのは砕いたラムネである。伊織は甘いものを定期的に摂取していないと具合が悪くなってくる体質だそうで、常にラムネを携帯している。

「店員来たらそれ隠せよ。基本的に店は持ち込み厳禁だ」

「分かった。相変わらずしっかりしてるね。俺の方が年上なのに、キィくんのがお兄さんみたいだ」

「一歳しか違わないだろ。誤差だ誤差。……それに、お前の方がしっかりしてる。羊飼いとしてはな」

「羊協直属だから？　別に良いモノじゃないよ。アレしろコレしろって煩《うるさ》いんだ。でも俺は羊協しか居場所がないから。矯正《きょうせい》施設には戻りたくないし」

桐也は思わず押し黙ってしまった。

矯正施設――伊織の口から発せられた単語はあまりに重い。

伊織がどういった経緯で羊協専属の羊飼いになったのか、桐也はよく知らない。知り合ったのは羊飼いになった後だし、伊織は昔のことをあまり語ろうとはしなかった。

知っているのは、随分若い頃羊飼いとして覚醒《かくせい》したこと。そのせいで周囲から精神障害を疑われ、矯正施設に入れられていたこと。

伊織の精神は張り詰めた一本の糸のようだ。

真っ黒に塗りつぶされた目は、危うさの表れであるような気がしてしまう。

「で、俺に話って何なんだ。というか仕事中に俺とコーヒーなんて飲んで良いのか」

「コーヒーじゃないから大丈夫だよ」

「そういうこと言ってるんじゃない」

「いや分かってる。サボりじゃないのかって話でしょ。君に話を聞くのも仕事の内だから問題ないよ。俺の今の仕事は調査だから」

伊織は手のひらにラムネをいくつか落とすと、薬を飲むような挙動で口の中に放《ほう》った。

「昨晩、羊対課が運んでた荷物がカミマチに奪われてね。ああうん。ハッキリ言っちゃおうかな。

君が処理してくれた件だ」

「プライバシーの侵害だぞ。誰が依頼を達成したかは秘匿《ひとく》されるべきだ」

「ごめん。でも俺、羊協専属だから。そういう情報も流れてくるんだ。誰にも言わないから大丈夫だよ。……それでね、運んでた荷物のことなんだけど」

桐也はテーブルの下で拳《こぶし》を強く握った。

——やはり、破損していたのか。

ブルーシートに包まれていたため、荷物がどういう状態にあるのか分からないままあの場を後にしてしまった。だが中を見るなと言ったのは羊協側だ。言われたとおりにしたまでなのだが。

「うーんと、まずこれを聞こうかな。中身、見た?」

「ブルーシートそのものは見た。中身までは見てない」

「そうなんだ。君がカミマチを処理した時には、ブルーシートは確かにあったんだね」

「あったな。特に破損なんかもしていない様子だった。いや、中を見ていないから何とも言えないが」

「壊れやすいものではないから破損の心配はないと思う。カミマチも慎重に扱っていたはずだし。ううん、そうか。じゃあ君がいなくなって羊対課が到着するまでの間に、誰かが盗み出したってことなのかなあ」

「待て。その荷物、また盗まれたのか」

伊織は再びラムネを口に放り込み、頷《うなず》いた。

「うん。盗まれたのかどうかは分からない。逃げ出した可能性もある。……でも、逃げ出すなんてことがあり得るかなあ。仮に逃げ出したとして、アレには隠れるなんて行動はとれないはずなんだけど。そんなに知性高くないから」

「逃げ出した？　荷物は生き物なのか？」

「生き物……だね、うん。一応生き物だよ」

随分妙な言い回しをする。荷物は生物と無機物の中間に位置する存在だとでも。

植物のようなものか。いや、伊織は逃げ出したと言った。少なくとも移動できる存在なのだろう。

「羊対課が運んでいたのは電気羊《エレキラム》っていうものなんだ。聞いたこと……ないよね。羊協でも知る人間が限られる極秘プロジェクトだし」

「俺に話して大丈夫なのか、それ」

「キィくんは言いふらしたりしないでしょ？」

「いや、俺が大丈夫なのかって話だ。口封じされたりは」

「内緒にしておくから大丈夫。キィくんも内緒にしておいてね」

「勘弁してくれ。なに無理矢理巻き込んでんだよ」

「ごめんごめん。でも、どうしても話しておかないとならなくて」

伊織は緊張感の無い笑みを浮かべているが、桐也はとてもじゃないが笑ってられる余裕などなかった。

羊協でも一部しか知らないような話を、こんな喫茶店の中でするとは。

客の少ない喫茶店とはいえ外は外だ。誰が聞いているとも分からない。店員が羊飼いの可能性だってある。

──伊織は、一体何を考えてる。

「それにしても電気羊《エレキラム》って露骨な名前だよね。小説、読んだことある?」

「小説ってアレか、昔のSF小説。昔読んだ気がするな。結構面白かった」

「何だか似たような景色になっちゃったよね、札幌。俺はもっとジョージ・オーウェルっぽくなると思ってた」

「何だっけな、あの小説……『一九八四年』?」

「そうそう。恐るべき管理社会」

伊織はなぜか照れくさそうに頷いた。

「でも、札幌にはビッグ・ブラザーがいなかったみたい。残念だよ」

「羊協がビッグ・ブラザーみたいなもんだろ」

「じゃあ俺は党員ってことかな」

「そうなるな。俺を告発するか?」

「何の罪で?」

「不純異性交遊の罪で」

二人はしばらく無言のまま視線を交わしていたが、全く同じタイミングで笑い出した。

傍から見れば学生が楽しげに話をしているようにも見えるだろう。学生と呼ぶには両者とも薹《とう》が立っているけれども。

「もう、笑わせないでよキィくん。大事な話してるんだから。……とりあえず、SF小説が名前の由来なんだ。電気羊《エレキラム》のね」

露骨な名前と伊織は言ったが、電気羊《エレキラム》とは機械仕掛けの動物なのだろうか。小説の中では天然の動物は貴重で、人々は機械仕掛けの動物を飼育していた。随分と印象に残っている。

桐也はどちらかと言えば小説を原作とした映画の方を好んでいた。悪役の一団が人間味に溢《あふ》れていて、どうしてもラストは悪役側に感情移入してしまうのだ。

今日ヨウにその映画を勧めてから家を出たが、果たして観《み》ているのだろうか。ヨウのことだからよく理解しないで観ているに違いないが。

――ヨウ。

そう、あの子供。

「キィくん、どうかした?」

桐也は、全身からぶわと冷や汗が滲むのを感じていた。

伊織が訝《いぶか》っている。真っ黒な瞳はまるで孔《あな》のようだ。見つめられると不安になる。

なぜ考えが及ばなかったのだろう。

無意識のうちにヨウのことを人間だと認識していたからだ。だから気づかなかった。

電気羊《エレキラム》。

生物と無機物の中間。

羊協の一部だけが知る極秘プロジェクト。

——まさか。

「何だか様子が変だよ、キィくん」

「いや。なんでもない。店員が来たから大人しくしてるだけだ。お前もラムネしまっとけ」

「うん、分かった」

——違う。焦っているのは店員が来たからではない。

羊対課が輸送し、カミマチによって奪取された荷物。電気羊《エレキラム》。ブルーシートにくるまっていた何か。


——ヨウだ。

ヨウこそが電気羊《エレキラム》。羊対課が必死になって探している荷物。

その答えを導き出して初めて、桐也は伊織の瞳が鋭さを孕んでいることに気づいた。

伊織は疑っている。最初から疑いの目を桐也に向けていた。だからわざわざ電気羊《エレキラム》の話をしたのだろう。揺さぶりをかけるために。

相手は羊協直属の羊飼いだ。いくら友人とはいえ、仕事上敵対することになれば容赦はしない。

ボロを出せばすぐに突かれる。

電気羊《エレキラム》など知らない——そう押し通すしかない。だが、どうして。なぜヨウの存在を隠そうとしているのか。

羊協に差し出してしまうのが一番良いはずだ。その方が面倒事も少なくて済む。だというのに、桐也はなぜかヨウのことを守ろうとしている。

「こちらホットコーヒーと、ミックスフルーツジュースになります。ごゆっくりどうぞ」

コーヒーとジュースをテーブルへ置くと、店員は駆け足で去っていった。

怖い顔の男二人が黙って睨《にら》み合っていれば逃げたくもなるだろう。

——早々にいなくなって貰った方が助かる。

このテーブルは今から、羊飼い同士の殺伐《さつばつ》とした心理戦が繰り広げられるだろうから。

「どこまで話したかな。電気羊《エレキラム》がいなくなったって話はしたっけ?」

桐也はコーヒーで口を潤してから、静かに頷いた。

「羊対課の運んでいた荷物が電気羊《エレキラム》っていう生き物だったのは聞いた。その後は聞いてない」

「そっか。電気羊《エレキラム》っていうのはね、感情を徹底的に抑制した人造人間のことなんだ。うん、分かるよ。突拍子もないこと言ってるよね、俺。でも事実だからしょうが無い。羊協は羊を安定供給できるように、羊を作り出す実験をしてる」

——驚く素振りだけでもした方が良いだろうか。いや、態《わざ》とらしいと逆に気づかれる。

「羊協がやりそうなことだ」

「俺もそう思うよ。実際に実験を行ってるのは南区にある簾舞《みすまい》研究所って所なんだけどね。明楡《あけにれ》病院も実験協力してる。知ってる? 明楡病院」

「……ああ、知ってる」

南区の山奥にある巨大な総合病院だ。

桐也の姉、流音が入院している病院でもある。

「俺もあんまり詳しくないけど、体外受精させて人為的に成長させるんだって。その過程で感情を抑制して、羊として従順になるよう調整していくそうだよ」

「そんなのが沢山いるっていうのか」

「羊協の羊飼いには結構支給されてるみたい、電気羊《エレキラム》。俺は貰ってないけどね。何でも、電気羊《エレキラム》は毛無しにならないらしいんだ。凄《すご》いよね。感情が抑制されてるから、どれだけ能力を使ってもアドミを消耗しないいんだって」

「夢のような存在だな。将来は全ての羊飼いに供給されるのか？　だとすれば一般人を羊にする必要もなくなる」

「そうだね。でも電気羊《エレキラム》はそう簡単に作れる代物でもないんだ。ちょっと特殊な卵子が必要でね」

淡々と語る伊織が少し恐ろしい。

感情を抑制された人造人間。確かに羊としては最適な存在だ。羊飼い全員に電気羊《エレキラム》が行き渡れば、羊飼いはもう毛無しに怯《おび》える必要もなくなる。

――だがそれでいいのだろうか。人為的に生み出した生物を備品として扱うなど、あまりにも傲慢《ごうまん》ではないか。

「その電気羊《エレキラム》とやらなんだが……どうやって刻印行動を達成させるんだ。何でも言うことを聞くのか」

伊織はフルーツジュースを勢いよく吸い上げ、何度か首を縦に振った。

「初めて目にした人間に従うよう刷り込まれているんだって。すごいよね。でも、その代わりに主人がいないとパニック状態になる。初めて見た人間から絶対に離れないそうだよ」

「だから、ブルーシートの中を絶対に見るなと書いてあったんだな」

「そういうことだと思う。目が合ったら主人として認識されちゃうからね。……てっきり君がブルーシートの中を見たのかと思っていたけど、違うのかあ。じゃあ別の誰かが見ちゃったのかな」

俺が見た――とは口が裂けても言えなかった。

恐らく、あの夜ブルーシートの隙間から目が合ったのだろう。桐也はヨウを認識しなかったが、ヨウは桐也を認識した。だから後をつけた。羊にしてもらうために。

何もかも辻褄《つじつま》が合う。疑いようが無い。

「そいつ、名前とかあるのか」

「確かＲＡＭ－４８３Ｔｍだったかな。電気羊《エレキラム》は基本的に備品であって人間ではないから、名前はつけないらしいんだ。人間のように扱うのはタブーなんだって」

「どうして」

「感情が芽生えてしまうから」

「芽生えたらどうなる」

「羊と同じだよ、多分。発狂する。羊飼いを殺そうとする」

伊織がすう、と目を細めた。

桐也の瞳の奥にある〝動揺〟を見透かすかのように。

「羊協では電気羊《エレキラム》を刻印した後、鎮痛剤を投与して、全員を一カ所に保管しておくんだって。羊飼いと一緒に行動させて万が一人間性が芽生えたら困るからね。死んだら新しい電気羊《エレキラム》と交換。まあ合理的ではあると思う」

「本当にそう思ってるのか？」

「どういうこと？」

「人為的に成長させた人間をモノのように扱うのが合理的？　非人道的の間違いだろ」

「それが羊協のやり方だから仕方ないよ。羊協は羊飼いが一般人と共存できる世の中を目指してる。一般人を羊にするのが問題なら、羊に代わる何かを作り出すしかない」

伊織の言うことは、間違ってない。

電気羊《エレキラム》の境遇よりも、知らないうちに羊にされて精神を消耗している一般人の方が遥《はる》かに哀れだ。それに被害も甚大《じんだい》である。カミマチ構成員に刻印された羊など目も当てられない。

電気羊《エレキラム》の存在は、ある意味救いなのかもしれない。だが……。

「俺は、受け入れられない。そもそも俺は羊協のやり方には反対なんだ。連中は事務的すぎる。まあ、俺も羊協に首輪をつけられている内の一人だが」

「キィくんは自分がある。首輪をつけられても自分の意思で行動しようとする。羨ましいよ。……キィくんは、強い人だ」

「どうだかな。俺はB＋の羊飼いだ。お前の方が強い」

「そういう話じゃなくてね」

「分かってる。わざと言ったんだよ」

桐也はふと角砂糖の存在を思い出し、徐《おもむろ》にコーヒーへと投入した。黒い水面が揺れ、水面に映った桐也の顔もぐにゃりと歪《ゆが》む。

「とまあ、電気羊《エレキラム》のことさらっと教えたけど……心当たりある？　カミマチに渡ると厄介だからね、早く見つけないとならないんだ」

伊織の真っ黒な目がじっと桐也を見据える。

——言ってしまえば良い。逃げ出した電気羊《エレキラム》がどこにいるか知っている、と。非常識な人間もどきはさっさと引き渡してしまうのがいい。面倒事に巻き込まれるのはご免だ。そうすれば楽になる。羊協登録羊飼いという立場が揺らぐこともない。だから……。

「……いや」

桐也は伊織の目を真《ま》っ直《す》ぐ見据え、頭《かぶり》を振った。

「俺は何も知らない。他をあたってくれ」

「そっか。知らないならいいんだ。ごめんね、だらだらと話してしまって。君は関係ないのに」

「昨晩カミマチを始末したのは俺だ。疑われるのは当然だろう。気にするな」

「ありがとう。キィくんは本当に——優しいんだね」

伊織が美味《おい》しそうにフルーツジュースを啜《すす》っている。虫が樹液ゼリーに集《たか》る画《え》が思い浮かんでしまい、素直に微笑《ほほえ》ましいとは思えなかった。

ストローに口をつけていながらも伊織はじっと桐也を見ている。

闇へ通じる窓のような、真っ黒な丸。

——見るな。

見据えられると、必死に押し殺している動揺が表に出てしまいそうで。

「この話はやめにしようか。久々に会ったんだし、近況を聞かせて欲しいな。ダメ？」

「いや、俺も聞きたいと思っていた。いつの間にAランクになったのかってところも気になるしな」

「それは別に大した話じゃないよ」

桐也と伊織は示し合わせたかのようなタイミングで笑った。少年のような屈託の無い笑みだ。

だが両者ともその笑みが仮面だということを理解している。羊飼い同士の談笑など、所詮《しょせん》は腹の探り合いでしかない。

「そういえば、放火事件があったんだよ。知ってる？」

桐也は返答せず、ただ苦笑を浮かべるばかりだった。

テーブルの下で握られている拳は、やはり依然としてカタカタと震えるほどに力が込められていた。

□

いつの間にか暗くなってしまった。

石狩で伊織と話をしてから三時間。今の時刻は午後の六時だ。

札幌と石狩を行き来するのはやはり骨が折れる。それもこんな寒い季節に。近いうちにバイクを預けてしまおうと桐也は心に誓っていた。

午後六時であれば帰宅途中の学生や会社員がその辺を歩いていそうなものだが、あいにく桐也のアパート周辺は常に人気が無い。真横を流れる豊平川の音だけが聞こえる静かな場所である。

桐也は自宅アパートの駐車場でバイクにカバーをかけながら、今日の出来事を何度も反芻していた。

放火魔の再来。

羊対課課長の登場。

カミマチの襲撃。

ヨウの正体。

やるべきことは一つだ。放火魔を見つけ出し、賞金首として登録した後に殺す。それ以外にない。姉の仇《あだ》を討つために桐也は二年間生きてきた。

——だが、ヨウは。あの電気羊《エレキラム》は一体どうしたらいい。

なぜ伊織に全てを話してしまわなかったのだろう。昨晩電気羊《エレキラム》が家に来た、と。今も家にいると。羊協が引き取ってくれるのであればそれに越したことは無い。

——明日、羊協に連絡しよう。

いや、今からでも良い。羊協は二十四時間営業だ。メール一本で面倒事から解放される。放火魔の件に集中できる。

「あいつ、大人しくしてる……よな……」

桐也は恐る恐るアパートへと視線を向けた。

二階にある二〇三号室。一年中ブラインドが下りている窓こそ桐也の部屋だ。

灯《あか》りは——ついていない。

一応今日出ていく時ヨウに灯りのつけ方を教えたのだが、よく分かっていないようだった。灯りのつけ方が分からないというより、なぜ灯りをつけなければならないのか理解していない様子だったが。

ヨウは今も暗い中でずっと映画を観ているのだろうか。あるいは寝ているのか。

食事はしたのか。

トイレの仕方をちゃんと理解しているだろうか。

暖房は——。

「馬鹿馬鹿しい。……犬じゃあるまいし」

頭の中にいくつも浮かんだ心配事は桐也が頭を振ったことによって一瞬のうちに霧散してしま

った。

——あれこれ心配してどうする。今日明日にも羊協に引き取って貰うお荷物だというのに。死んだら死んだでそれまで。責任はとらない。責任なんてない。羊協の備品が一つ壊れた。ただそれだけのこと。

桐也はバイクに鍵をかけたことを再確認し、アパートの中へ入った。

自室の扉の前まで辿《たど》り着いたが、特に物音は聞こえない。映画を観ている気配もなかった。

やはりヨウは寝ているのだろう。それならそれでいい。

桐也は極力音を立てないように鍵を開け、ドアノブを捻《ひね》った。

□

「嘘、だろ……」

居間の惨状を目にし、桐也は思わず声を漏らしてしまった。

まるで、泥棒に入られたかのようだ。

部屋の中は恐ろしい程に荒廃していた。

何もかもがひっくり返され、開け放たれ、打ち捨てられている。窓が開いている様子は無い。玄関の鍵もしっかり閉まっていたため、誰かが侵入したということもないだろう。

となれば、犯人は一人しかいない。

一人――いや、一体というべきか。

「おい、ヨウ。どこいった。ふざけんなよあのガキ……」

床に散らばったガラスを踏まないよう気をつけながら、部屋の奥へと歩を進める。それでも歩く度に小さな破片が足の裏に食い込んだ。

居間にヨウの姿はない。

机の上のものはほとんど床に落ちているし、クローゼットの中身も全て引っ張り出されて床に散らばっている。テーブルの位置は動かされ、テレビ台も盛大に移動され、台所の収納扉は全て開け放たれていた。冷蔵庫が開いていないのはせめてもの救いか。

もともと几帳面《きちょうめん》な性格のためか、あるいは執着心がないのか、桐也は衝動的にものを棄《す》ててしまう癖がある。そのため部屋には必要最低限の生活用品しかなく、煙草の詰まった灰皿だけがいつもテーブルの上に放置されていた。

生きる、ということに対しての執着が無い。

だから食べ物をすぐ腐らせてしまう。腹に入れば何だって良いと思っているし、基本的に冷蔵庫を開けてすぐ目についたものを食べる。率先して食べるものと言えば、時折纏が作ってきてくれる料理くらいなものだ。

纏の作るものは、姉の料理の味に似ている。

だから――。

いや、今はそんなことを考えてる場合じゃない。

「おい、どこだ返事しろ。お前これどういう――」

寝室の襖を開けるが早いか、桐也は言葉を呑《の》んだ。

寝室もやはり荒れ果てている。布団はベッドからずり落ちているし、ベッドの下に入れていた衣装ケースは全て引っ張り出され、中に入っていた衣服はあちこちに散乱していた。まるで服の海にベッドが呑み込まれているかのようだ。目眩《めまい》がする光景である。

ヨウは――いた。

服の塊を抱きかかえ、ベッドに背を預けて床にへたり込んでいた。

俯《うつむ》いているせいで表情が見えない。

ただ、一つだけ分かること。

ヨウは、酷く震えている。

「き、りや」

桐也の存在に気づいたのか、ヨウはハッと面を上げた。

顔が真っ青だ。見ていて哀れになるほど。

「桐也、戻って、きた。……桐也、本当に桐也なの。ヨウを、捨ててないの」

ヨウはふら、ふら、と立ち上がり、呆然《ぼうぜん》と立ち尽くす桐也へと歩み寄る。

「よかった……桐也、帰ってきた……。もうヨウを一人にしないで」

ヨウは人形のような無表情のまま震えた声を漏らし、桐也に抱きついた。縋《すが》り付いた、と言うべきなのかもしれない。桐也の背中に回された両手は笑ってしまいたくなるほど震えている。

――電気羊《エレキラム》は主人と離れるとパニックになる。

先ほど伊織がそう言っていた。

確かにこれはパニック状態だ。まさかここまで酷いとは。分かっていればもっと早く帰宅したものを。

桐也は、迷っていた。

今ここでヨウを突き飛ばして羊協に連絡をするのか、あるいはヨウに何か声をかけるのか。

迷う必要なんてない。答えは決まっている。少なくとも数分前まで答えは決まっていた。ヨウを引き渡すという答えが。

だが――。

「ガキかお前……。ああいや、そうだったな。二歳のガキだった。お前を一人で留守番させた俺の落ち度だな、これは」

桐也は、なぜかヨウの頭に手を置いていた。

宥《なだ》めているのだろうか。桐也は自分自身の行動の意図すらよく理解できていなかった。

相手は人間ですらない備品だ。

羊になるために生み出された人造人間。感情を抑制され、性別すら判然としない生き物。

そんなものを宥めて慰めても、何の意味も無い。自己満足にもならない。

はずなのに――。

「あちこちひっくり返して、まさか俺のこと探してたのか」

桐也の胸元に顔を押し付けたまま、ヨウは小さく頷いた。

「煙草のケースまで開けやがって……。あんなとこにいるわけ無いだろ。俺は何だ、自由自在に体の大きさを変えられるのか？」

「朝に見た映像、男の人がすっごく小さくなってた。蟻《あり》って虫と同じくらい」

「それは映画の中の話だ」

「桐也も、羊飼いだから……もしかしたらって」

「俺の能力は体の大きさを変える類《たぐい》のモンじゃない。あーもう、そろそろ離れろ。部屋の片付け手伝えよお前。手伝わないなら今度こそ叩き出す」

「手伝う。手伝うから捨てないで。手伝う、けど……」

「何だよ」

「片付けって、なに」

ヨウを引き剝《は》がし、桐也は肺の中の空気を全て押し出すかのような溜息をついた。

「お前一日中映画観てたんじゃなかったのかよ……」

「三時までは、あの板みたいなもので映像を見てた。でも、桐也が全然帰ってこないって思って」

「映画何本観た」

「……何本？」

「いくつ観たんだ」

ヨウは右手の指を一本ずつ折り、三本折れたところで指を止めた。

「みっつ、だと思う」

「内容言ってみろ」

「男の人が小さくなって、蟻って虫と一緒に戦うやつ。あと、犬を殺されちゃった男の人が悪い人たちを沢山倒すやつ。みっつ目は、男の人と女の子が出てくるやつ」

一作目、二作目は何となく予想がつくが、三作目はあまりに漠然としている。男と女が出てくる映画なんてこの世にごまんとある。九割九分の映画は男と女が出てくるだろう。

「マイリスト、っていう場所にあった。おじさんが女の子に銃の使い方を教えたりしてた。あと牛乳って飲み物をいつも飲んでた」

――あれか。

ヨウはなぜアクション映画ばかり観るのか。一作目は大衆向け映画だからまだ良いとして、二作目、三作目は情操教育にはあまり向かないし、社会勉強にも向かない。裏社会の勉強にはなりそうだが。

桐也はもう一度溜息をつくと、諦観《ていかん》の表情を滲ませてベッドに腰を落とした。

「タブレットどこいった。よこせ」

「タブレット?」

「お前が映画観てた薄い板のことだ」

「それなら、ベッドの中にある。頭を置くところ……らくま?」

「枕《まくら》だ」

「そうだった。枕の下にあるはず」

タブレットを立ち上げ、映画見放題サービスのアプリを開く。月額千円ほどを支払っているだけあって、様々な映画やドラマが見放題だ。退屈な夜にくだらないサメ映画を観るのに重宝していた。

桐也はアカウントを新しく作成し、マイリストにいくつか映画を登録した。情緒の育成と社会勉強に役立ちそうな、極めてストーリーが理解しやすく、それなりに面白い映画数本を。

「ヨウ、ここ座れ」

ヨウは言われるがままにベッドに腰掛けた。

「このマイリストってところに入ってる映画観てろ。いいな」

「分かった。でも、片付けっていうのは？」

「俺がする。お前にいちいち教えてると時間がいくらあっても足りない。まずお前は映画観て常識ってものを覚えろ。片付けが何なのか理解したら手伝え」

「分かった、そうする」

「というか、本当はお前がやるべきなんだが。お前が荒らしたんだぞコレ」

「うん」

「うん、じゃない。こういう時はごめんなさいだろ」

ごめんなさいの意味が理解できていないのか、ヨウは目を瞬いて小首を傾げた。真っ黒な瞳は一切の感情が滲んでいない。

なぜわざわざ社会勉強をさせるのか。

桐也の行為は、電気羊《エレキラム》に感情を芽生えさせているのと変わらない。

ヨウはまだ羊ではないから、発狂することはないだろうが――。

「……ごめん、なさい。ヨウはお部屋を荒らした」

ようやく状況を呑み込んだのか、ヨウはしおらしく項垂《うなだ》れて唇を嚙んだ。

恐らく映画で学んだ感情表現の模倣なのだろうが、僅かに表情があることで幾分か人間らしく見える。本当に反省しているかのようだ。

「あともう一つ、ごめんなさい」

「まだあるのか。何やらかした」

「……お腹空《なか》っぽ。ぎゅうぎゅう音がする」

申告の通り、ヨウの腹からは化け物の悲鳴じみた音が聞こえた。

桐也はその派手な音に思わず眉を顰めてしまった。

□

部屋を片付け、途中で一度夕食を食べ、また部屋を片付けた結果夜の十二時になってしまった。

かれこれ約六時間ほど部屋を片付けていた。途中から片付けではなく断捨離になっていたが。

普段ならば夜の十二時などラブホテルにいるか、女の家に上がり込んでいる。家にいることは少ない。

だが桐也は今日すっかり疲れ果て、ベッドで横になっていた。

シングルベッドの端っこで体を丸め毛布を被っている様は猫のようだ。桐也は普段仰向《あおむ》けに寝るタイプなので、端っこで体を横にしているのは窮屈だった。眉間に寄っている皺が不満を物語っている。

桐也は今日もソファーで寝るつもりだった。

だがヨウが「一人は嫌だ」と散々ごねたため、渋々一つのベッドで寝ることになってしまった。さすがに向かい合うのは気まずいので互いに背中を向けているが、シングルベッドに二人で寝るというのはあまりに距離が近い。

女と一緒にベッドにいて何もしないなど、何年ぶりだろうか。

ヨウは完全な女ではない。だが桐也は確かにヨウのことを少女として認識している。ヨウも自分のことを〝女性〟だと思い始めているようだった。

——羊協へ連絡すればいいのに。

桐也の頭の中ではずっとその考えが巡っている。

だというのに桐也は羊協へ連絡することができない。ただ一通メールを送るだけだ。「お探しの電気羊《エレキラム》はここにいる」と。何なら伊織に連絡してもいい。すぐに駆けつけてくれるだろう。

——ヨウを捨てられないのは同情しているからなのか。あるいは過去の自分に重ね合わせているのか。姉の面影があるから、どうしても面倒を見てしまうのか。……馬鹿げてる。

「おいヨウ、起きてるか」

桐也は壁に対して言葉を投げかけた。ベッドの端ギリギリに寝ている桐也にとって、目の前にあるのは黄ばんだ壁だ。

背後からシュル、と布の擦れる音。ヨウが桐也の方へと体を向け直した音である。

「こっち向くなって言っただろ。あっち向いてろ」

「呼ばれたから。……まだ起きてる」

「何で起きてんだ。寝ろ」

「おでこにチュッてしてくれないの」

「誰がするか」

返答はなかったが、恐らく少しだけ拗《す》ねたような顔をしているのだろう。

桐也が部屋を片付けている間に映画三本を消化したヨウは、それなりに情緒というものを学んだ。桐也がセレクトした映画は社会勉強にも大いに役立った。

だが三本の内どれかの映画で、寝る前の子供に父親がキスをするというシーンがあったらしい。ヨウはそのシーンをいたく気に入り、同じことをして欲しいと桐也にねだった。桐也は「ふざけるな」と一蹴《いっしゅう》したが。

余計なことばかり覚えてしまう。

拗ねたり、嫉妬《しっと》したりと、ヨウは着実に感情を芽生えさせているように思う。

——よくないと分かっているのに。

「明日、また出かける。大事な用事だ。長い間家を空けるかもしれない」

桐也に背を向けようとしていたヨウは、再びのそのそと寝返りを打って桐也の背中に視線を置いた——ようだった。

「一人は、嫌。……ヨウはまた部屋をぐちゃぐちゃにしてしまうかも」

「大人しく留守番できないのか」

「大人しく、したい。桐也に迷惑をかけたくない。でもアレは、ヨウの気持ちとは関係なく来てしまうもの。胸の中がきゅうきゅうして、息ができなくなる。目の前がぐるぐるして、頭の中が冷たくなって、口の中がカラカラになって、じっとしていられなくなってしまう」

「それは怖いって感情だ」

——こんなこと教えなければいいのに。

「……怖い？」

「お前は一人になるのが怖いんだろ。だから俺を探す」

「そっか、怖いっていうんだ。ヨウは、桐也に捨てられるのが怖い。桐也と離ればなれになるのが怖い。……すごく、怖い。叫びだして、ウロウロと歩き回りたくなるの」

——一人にしないで。

過去に何度も何度も口にした言葉が桐也の脳内でフラッシュバックした。だが決して表情は変えない。桐也は毛布を固く握りしめて感情を殺し、過去が流れていくのをじっと耐えた。

九歳の時に父親がいなくなり、十一歳の時に母親が再婚した。その一年後――桐也が十二歳の時、母親は再婚相手を殺して自殺した。明らかな心中事件だが、なぜか交通事故ということで処理された。

恐らく桐也の母親は羊にされていたのだろう。再婚相手は羊飼いだった。

桐也の人生は何もかもが羊飼いによって歪められている。

――羊飼いも羊も、何もかもなくなればいいのに。

羊が羊飼いを愛し執着するのは契約しているからだ。決して本物の感情なんかじゃない。

ヨウの執着も同じこと。

初めて目にしたのが桐也だった――ただそれだけ。

「また部屋を荒らされても面倒だ。明日はお前も連れて行く。それなら文句ないだろ」

ゴソと布団の動く音がした。ヨウの動揺を表しているかのような。

「一緒に行っていいの?」

「ただし変装してもらう。それに俺の命令には従って貰うからな。面倒事には巻き込まれたくない。お前のことは荷物として扱う」

「それでいい。一緒にいれるなら、何だって構わない」

「出かけるのは明日の夕方。すすきの……って言っても分からないか。とにかく厄介な連中が沢山いる場所に行く。お前はお尋ね者だ、正体がバレればすぐに連れて行かれる。だから大人しくしてろよ」

「連れて行かれるって、どこに？」

「さあな。俺の知らない所に」

「桐也と離ればなれになるってこと？」

「そうだ。一度捕まればもう二度と戻ってはこれない。俺としてはそれでも構わないが」

「よくない。嫌。大人しくするし、変装もする。桐也の言うことをきく。だから、側《そば》にいさせて」

切羽詰まった声音だった。焦りが多分に滲んでいる。

ヨウは今恐らく、どこまでも不安げな面持ちで桐也の背中を見つめているのだろう。捨てられた子犬のような目つきでもって。

今まで数多《あまた》の女性と関係を持った桐也にとって、依存が激しい女というのはさほど珍しい存在ではない。「死んでやる」と泣かれたこともあったし、包丁を突きつけられたこともあった。大抵の女は「あなたがいないと生きていけないの」と言ったが、全員健在だ。ＳＮＳを見る限りは違う男に依存しているようだった。

だがヨウは他の依存女達とは違う。

ヨウは本当に、主人がいなければ生きていけない存在だ。そう作られている。

「明日の午前中、二時間ほど家を空ける。その時は留守番してろ。映画一本分の時間だ、できるな」

「頑張る。映画、ずっと見てられるのが良い」

「面白いヤツってことか。感情無いくせに生意気言いやがって。どんな映画が良いんだよ」

「銃……というものが出てくる映画がいい。銃を持ってる人、桐也みたい。たぶりとの中に桐也がいるみたいで少し落ち着く」

「タブレットだ」

「たぶれっと」

「……で、銃が出てくる映画だって？　お前のアカウントはお子様フィルターかけてるから、年齢制限ある映画は観れないんだよ。アニメとかで我慢しろ」

「二時間、我慢できないかも」

桐也は深い深い溜息を吐いた。心底面倒臭そうな溜息だ。

「そこまで言うなら二時間ずっと銃撃戦の映画観せてやる。お前が今日の午前中に観た、犬が殺される映画の続編をだ」

「あの映画は、好き。黒い服のおじさんが凄く格好いい」

「二歳児の癖に大した趣味だな。あの俳優は俺も好きだよ。……よし、話は纏まった。さっさと寝ろ。こっちは向くな」

「おでこ」

「しない。あっち向いて寝ろ」

しばらく間があったが、ヨウは渋々寝返りを打って桐也に背を向けたようだった。

暗い部屋の中、時計の音だけが聞こえている。何かのカウントダウンめいた嫌な音だ。

チッチッという音をずっと聞いていると、いつの間にか精神が過去へと遡《さかのぼ》ってしまう。蘇《よみがえ》るのは二年前――姉を撃ったときの記憶だ。

地面に倒れた姉を抱きかかえ、ひとしきり叫んだところで、全てが夢だったことに気づく。かなりの頻度で魘《うな》され、真夜中に目が覚める。

羊飼いが羊を全て失った場合、あるいは札幌から遠く離れた場合、能力の由来となったトラウマが常時襲いかかってくるらしい。悪夢ではなくあまりにもリアルな幻覚として。そうなった場合ほとんどの羊飼いは自殺するのだそうだ。

一人は嫌だと駄々を捏《こ》ねているのは桐也も同じ。

足繁《あししげ》く病院に通ったところで姉が起きることはない。「まだ死んでいない」と口にしても、生命維持装置に繋がれているだけの姉はほとんど死んでいるのと同じだ。

――いっそ、姉さんの幻覚を見ながら死んでしまえれば楽なのに。

だが桐也がいなくなった場合、流音の命を繋ぐ者がいなくなる。纏が面倒を見てくれるだろうが、纏はあくまで他人だ。迷惑はかけられない。

――羊を集めなければならない。金を稼がなければならない。

放火魔。

せめて放火魔さえ殺すことが叶《かな》えば、少しは楽に――。

「……おい」

ゴソゴソと布団の動く音を耳にし、桐也の意識は暗く冷たい思考の底から現実へと戻ってきた。

ヨウが再び寝返りを打ったのだろう。バレないとでも思っているのだろうか。

それどころか、ヨウは桐也が着ている服を指先で抓《つま》んだ。赤ん坊が親の指を摑《つか》むように。

「こっち向くなって言っただろ。言うこと聞けないなら俺はソファーで寝るぞ」

返事は無い。

桐也は目一杯に眉を顰め、上体を捻ってヨウに視線を向けた。

ヨウは、寝ていた。

桐也の服を摑み、安心しきった顔で寝息を立てていた。

そのあどけない顔は正に子供だ。親の体温に触れて安堵している幼子そのもの。

「……何でこんな厄介事を抱えたんだろうな、俺は」

桐也はヨウの手を振り払うこと無く、再び壁に向き直って深い眠りの中に沈んでいった。

□

「ふふ、ふはっ、ギャルだギャル。似合わないなお前、ふふ」

何がそんなに可笑《おか》しいのか、桐也は顔を覆ってプルプルと震えていた。

寝室の前で棒立ちになっているのはヨウだ。だが例の検査着は着ていない。それどころか大分派手な格好を――いや、もはや別人だ。とてもじゃないがヨウには見えない。

金の巻き髪に大きめのサングラス、ファーのアウターにミニスカート。完全に夜の女だ。完璧《かんぺき》なコーディネートである。

だが、誤算もあった。

桐也が某格安ディスカウントショップで適当に見繕った服は、夜の蝶向けの服であるが故に随分扇情的《せんじようてき》なデザインだった。胸元は大きく開いているし、体の線が目立つ。夜の女を演出するのにはもってこいの要素なのだが、いかんせんヨウは胸がない。それに体型は男に近いため、近くで見ると女装した男にしか見えなかった。

目的は変装なのだから、女装した男でも特に問題はない。だが連れ歩くことを考えるとどうしても躊躇《ため》われる。すすきのなど知り合いがごまんといるのだから。

「桐也が気に入ってるなら、これにする。ちょっと歩きづらいけど」

ヨウはミニスカートの裾《すそ》をぐいぐいと下に引っ張った。締め付けられて窮屈なのだろう。

一方桐也は紙袋の中を漁《あさ》り、次のコーディネートを模索していた。

午後二時。

昨晩予告した通り桐也は午前中に二時間ほど外出し、ヨウの変装のために必要なものを一通り揃《そろ》えてきた。ヨウはその間アクション映画を観て大人しく過ごしていたようだ。映画の影響を受けてか犬を飼いたいと言い出したが当然却下した。

夕方にはすすきのへ繰り出す。放火魔についての情報を集めるために。

だからこそヨウは今ファッションショーをしているという次第だ。ヨウは今の自分の格好をよく理解していないので、桐也がなぜ笑っているのかも当然分かっていなかった。

「いや、それはダメだ。俺が笑う。こっちに着替えろ」

桐也が紙袋から引っ張り出したのは、体型をごまかせるシンプルなワンピースに、黒髪ストレートロングのウィッグだ。今の格好とは対照的な、清楚《せいそ》で大人しいコーディネートである。

こういうときに纏がいてくれると楽なのだが、今朝方まで仕事だったそうで今はまだ寝ている。起こすのも忍びない。

「これもズボッて上から頭を出したらいいの？」

「そうだ。ウィッグの付け方ももう覚えただろ？」

「覚えた。完璧。……じゃあ着替えてくる」

映画で覚えたのかは知らないが、ヨウはグッと親指を立ててから寝室へと引きこもった。

ヨウは裸を見られることに一切の抵抗がないようで、最初は桐也の目の前で着替えようとした。だが女だと決めたい以上ヨウは確かに女だ。それも少女だ。男の目の前で着替えさせるわけにはいかない。

待つこと、五分。

桐也は所在なげに端末機《T・C》を眺めながら煙草をふかしていた。

だがその煙草は着替え終わったヨウの登場によってテーブルの上に落ちることとなった。

寝室から出てきたのは、髪が長くなっただけのヨウだ。

だが、桐也はその姿から目が離せずにいた。

胸元まであるストレートの黒髪。

紺色の膝丈《ひざたけ》ワンピースと、フリンジのついた大判マフラー。

伏し目がちな表情、白い肌。

——そっくりだ。

「ねえ、さん」

ヨウは小首を傾げた。自分の名前ではないものを呼ばれたことに困惑しているのだろう。

一方桐也は慌てて口元を覆った。

「桐也、ねえさんって誰？」

「何でもない、気にするな。聞かなかったことにしろ」

「煙草焦げてるよ。家が燃えちゃう」

桐也は慌てて落とした煙草を灰皿に押し付け、忙《せわ》しなく瞬きをする。自身を落ち着かせるために。

——髪型を近づけるだけでここまで似るとは。

着ている服の雰囲気も表情もそっくりだ。若い頃の流音——桐也がまだ小学生の頃見ていた流音の姿に。

「髪は、さっきの金髪の方がいいな。今の格好はすすきのを歩くには大人しすぎる」

「大人しい？　頭に被るものは生き物なの？」

「言葉のあやだ」

「コトバノアヤって誰？　桐也の羊？」

――どれだけ似ていようとも中身がこれでは。

ヨウは僅かに頬を膨らませている。桐也が羊の話をしたと思って嫉妬しているのだろう。昨日はまさかと思っていたが、やはりヨウは他の羊に嫉妬する傾向があるらしい。喜怒哀楽はまだ未発達なのに、妬心《としん》だけは一人前というのもおかしな話だ。

「羊じゃない。そもそも人の名前じゃない。だから拗ねるのをやめろ」

「羊じゃないならそれでいい。拗ねるのをやめる」

「上出来だ。偉いぞ」

「うん、ヨウは偉い。ついでにいっぐも変える。もっと偉い」

「ウィッグな。……ああいや、待て。まだ変えるな」

ロングヘアーを引っ張り落とそうとしていたヨウは、髪の毛を両手で摑んだ姿のままでピタリと硬直した。待てを命じられた犬のようで何だか滑稽《こっけい》だ。実際似たようなものだが。

――やめておけばいいのに。

桐也は自分がしようとしていることに対し眉を顰めている。妙な気分だ。理性と本能がそれぞれ別個の人格を持っているかのような、何とも言えない違和感。

だが最終的に勝ったのは本能――というより、子供の時分で成長が止まってしまった桐也の〝孤独〟だった。

桐也はガリガリと頭を掻き荒らした後、ラックの上に置いてある小物入れを徐《おもむろ》に開いた。中には随分と安っぽいペンダントがしまってある。革紐《かわひも》に木で出来た羽のモチーフがついているペンダントだ。桐也が中学生の時、修学旅行先で買った安いアクセサリーである。とてもじゃないが大人の女性が身につけるようなものではないが、流音は三十歳になってもずっと首から提《さ》げていた。

撃たれたあの日も、姉は首からペンダントを提げていて――。

「ヨウ、こっち来い……ってお前まだ手、上にやってたのか」

ヨウはウィッグをひっつかんだまま、パタパタと桐也の元に駆け寄った。しばらく桐也と見つめ合っていたが、妙な沈黙に何かを察したのか手を下ろした。

「こっち来た。何かあった？」

「これ、首からかけてみろ」

「……木で出来た羽？　凄く綺麗。でもちょっと欠けてる」

「安物だからな」

ヨウが言ったとおり、ペンダントは羽の一部が欠けている。流音が一生懸命接着剤で直していたが、撃たれたあの日、繋ぎ止めていた欠片《かけら》がどこかに消えてしまったのだ。二度と見つかることはないだろう。

ヨウは訝ることも無く素直にペンダントを首から提げた。

桐也の目に映るのは、在りし日の姉の姿そのものだった。

「何やってんだろうな、俺は。馬鹿馬鹿しい。……悪かったな付き合わせて、首から外していいぞ。ウィッグも変えろ」

「桐也」

「何だ」

「これ、欲しい」

「……は？」

——ヨウは今〝欲しい〟と言ったのか。物欲の無さそうな無感情人造人間が？

桐也は純粋に困惑していた。まさかヨウが流音の形見を欲するとは思わなかったからだ。

——良いわけがない。いずれ離ればなれになる〝備品〟に形見を譲るなど。

だがヨウの目は珍しく強い意志を湛《たた》えているように感じられた。絶対に欲しい、という意志だ。

今までマネキンのようにぼんやりとしていたヨウとは打って変わっている。

「何で、欲しいんだよ」

「この羽をつけているヨウを、桐也は大事そうな目で見る。……大事そう？　ううん、ちょっと違うかもしれない。安心しているような、そんな感じ。いつもより目が優しい」

「目が優しくなくて悪かったな」

「目の下が黒くなってるのがちょっと怖い。お化粧をしてるの？」

「隈だ。化粧じゃない」

「くま？　熊《くま》さん……？」

「お前はもうちょっと色んな映画を観て社会勉強をしろ。話が嚙み合わない」

「ごめん」

——そうやって申し訳なさそうにする仕草まで。何もかもが……。

「……仕方ない。今日の間だけはそれを貸してやる。貸すだけだぞ。分かったらウィッグ変えろ。あとサングラスもかけろ。いいな」

ヨウは分かりやすいくらいに顔を綻《ほころ》ばせ、金髪のウィッグを摑んで寝室まで駆けていった。ウィッグを変えるだけならば寝室に籠《こ》もる必要はないのだが、ヨウの中で着替えは密室で行うもの、という図式が出来上がっているらしい。

濡れ場のある映画を観てしまったらヨウはどうなるのか——ふと恐ろしい想像が脳裏を過《よ》ぎり、桐也は慌てて頭を振った。

寝室からはヨウの動く音が聞こえる。ウィッグが何かに引っかかったのか「うぐぐ」と全く色気のない悲鳴が漏れ聞こえた。

□

夜のすすきのは平日でも関係なく人で溢れている。

今は夜の七時。すすきのが本当の顔を見せるには少し早い時刻だが、街はきちんと稼働していた。ウイスキーの看板にライトが灯《とも》れば、欲望と活気が渦巻《うずま》く北国有数の歓楽街《かんらくがい》としてすすきのという街は動き出す。

かつてはただの巨大看板だったウイスキーの広告も、今やイメージモデルの初老男性がプロジエクション・サインとして浮かび上がる時代だ。初老男性は度々グラスに酒を注いでは美味《うま》そうに呷っている。真下では大勢のキャッチがダウンジャケットを着込んで必死に客引きをしており、その差異が「技術に追いつけなくなった人間」というものを如実に表していた。

酷く気温の低い夜だ。

空からはちらほらと雪が降ってきており、巨大電子広告や信号用プロジェクション・サインに微かなノイズを走らせている。

桐也は札幌駅から真っ直ぐ続いている道路——通称駅前通りにいた。

一歩後ろではヨウが覚束《おぼつか》ない足取りで桐也の後をついて歩いている。ふらついているのは靴に僅かながらヒールがあるからだ。ずっと裸足《はだし》だったヨウにとっては、そもそも靴を履いて歩くということ自体が初めての経験なのだろう。

桐也は雑踏を掻き分け、足早に目的地へと向かっていった。

南六条西四丁目——一般的には風俗店街として知られるエリアだ。いかがわしい電子看板があちこちから飛び出し、雑居ビルがひしめき合っている。その一角にポツンと金魚屋が存在した。

店名は出目庵《いずめあん》。雑居ビルの地下一階に入っている怪しい店だ。

出目庵が入っている雑居ビル「共和225ビル」は一階から十五階までズラリと中国系の店が入居しており、ビルから飛び出している看板も全て中国語のものである。出目庵の看板は完全に埋もれていた。

「……ん?」

ふと右手に違和感を覚え、桐也は歩く速度を抑えて背後を見た。

ヨウが桐也の右手を摑んでいる。

口元に僅かながら焦りが滲んでいるのを見るに、恐らく人混みに押し流され桐也を見失いかけたのだろう。桐也はすすきのの歩き方を心得ているが、ヨウは違う。人の避け方を分かっていない。

「誰が手を繋いで良いって言った。黙って後ろついてこい」

「ここ、人が多いから見失いそう。さっきから沢山ぶつかってる」

「前見て歩け。人が歩いてくることくらい分かるだろ」

「分かる、けど……みんな歩くの速いから」

ごめんなさい、と小さく呟《つぶや》かれた声は雑踏の中に消えた。

桐也は鬱陶《うっとう》しげな溜息を漏らし、ヨウの手を振り払って再び歩を進める。だが気が変わったのか、あるいはしびれを切らしたのか、ヨウの手首を乱暴に摑んで大股《おおまた》に歩を進めていった。

□

出目庵の店内では、数多の水槽が青白い光を放っている。壊れたブラウン管のようで不気味だ。

スキンヘッドに入れ墨を彫り顔に大量のピアスを生やした店主は、雰囲気に似合わず円《つぶ》らな瞳をパチパチとさせた。桐也の背後にいる女性――ヨウに視線を置いて。

「桐也、女を連れてくるなんて珍しいじゃねぇかい。どういう風の吹き回しだ？」

「羊だ。訳あって連れ歩いてる。羊飼いのことも知っているから問題ない。婆《ばあ》さんはいるか」

「ゴッ、ド、マ、ザーなら奥にいるぜ。客は来てない」

「ちょうどよかった。お目通りを願いたい。すすきの化け物チャッターに情報検索の依頼だ」

「相変わらず口が悪いねぇお前さんは。いいぜ、入りな」

男は背後にあるビロードのカーテンを捲《まく》りあげた。

奥にはさらに廊下がある。いかにも雑居ビルの廊下といった様相の、不気味で寂れきった通路だ。例によって蛍光灯は瞬いているし、通路脇《わき》に落ちている廃材が場のホラー感を助長させていた。

桐也は一切の躊躇《ためら》いなく通路を突き進み、最奥にある錆び付いた扉を押し開く。

扉の先にあるのは、和風居酒屋の個室を思わせるような五畳ほどの狭い部屋だった。

部屋の真ん中はテーブルが陣取っており、奥側の席には着物を着た白髪の老女が一人ちょこんと座っている。着物にサングラスという取り合わせが異様だ。煙管《キセル》をふかしている様は正に極道の女である。

桐也は老女の向かいに腰掛けた。ヨウは桐也の背後に立ちじっと老女を見つめていた。

「何だい桐也、羊を連れてくるなんて。あんたにとって羊なんざ百円ライターよりも安い存在じゃあないのさ」

老女はふう、と煙を吹いてから口の端を吊《つ》り上げた。

魔女めいた笑みだ。ヨウが僅かに怯えているのが分かる。

「色々と事情があるんだよ、嬉《うれ》しくない事情が。そんなことはどうでもいい。あんたに仕事の依頼だ。金に糸目はつけない。羊を発狂させてもいいから絶対に情報をよこしてくれ」

「よく言うね若造。私を舐《な》めるんじゃないよ。私はそこいらの羊飼いと違って羊を毛無しになんかさせない。あんたとは羊の数が違うのさ。……さ、ブツをよこしな。この海松茶《みるちゃ》様が情報を掬《すく》ってやるっていうんだ、ありがたく思いな」

「あんたは最高のチャッターだよ、ゴッドマザー。ネームセンスはちょっとアレだが」

「うるさいね。金魚の餌《えさ》にされたくなかったらその整った口を塞《ふさ》いでな」

桐也はわざとらしく肩を竦《すく》めるとテーブルの上に真っ黒なビニール袋を無造作に放った。中に入っているのは木屑《きくず》だ。放火魔が燃やした椅子――その肘置きを削り取ったものである。

海松茶《みるちゃ》は仏具めいた香炉をテーブルの上に置き、袋の中に入っていた木屑を躊躇いなく中に流し込んだ。火をつけ、煙を焚《た》くために。

海松茶《みるちゃ》のチャッターとしての媒介は〝煙〟だ。A++ランクチャッターである彼女は〝残滓〟を燃やし、その煙を吸い込むことで羊飼いに関する情報を検索する。

桐也が求めているのは放火魔についての情報だ。

海松茶《みるちゃ》の能力では名前を含んだ個人情報が明らかになることはない。だが羊飼いとして重要な〝刻印行動〟と〝能力名〟ならば検索することができる。

刻印行動が分かればこちらのものだ。

後は、放火魔から刻印行動を受けた人物――つまり放火魔の羊を探し出せばいい。

「残滓に火をつけるよ、構わないね」

「ああ。好きなだけ燃やしてくれ」

「既に燃えた後のものみたいだけどね。ま、そんなことはいいさ。煙が出るのなら何だっていい。さて……あんたの捜し物は一体何なのかねぇ」

香炉から煙が立ち上る。嫌な臭《にお》いのする煙が。

海松茶《みるちゃ》は香《こう》を楽しむかのように煙を嗅《か》ぎ、深く溜息をついた。

「……炎、だね。火に関する能力だ」

「それは知ってる。知りたいのは刻印行動だ」

「刻印行動までとなると、かなり高額だよ。払えるのかい」

「それなりに賞金を稼いでる。足りなければ最悪借金でもするさ。この機会を逃すわけにはいかない。絶対に見つけ出して、この手で殺す」

「なるほど。例の放火魔を追ってるってワケかい。飽きないねぇ、あんたも」

「あんたのゴッドチャイルドだからな」

海松茶《みるちゃ》は肩を揺すってケタケタと笑った。

「どういう意味だい。……全く、あんたみたいな若造の能力名なんて付けてやらなければよかったよ。纏の紹介だからね、大して気にもせず名付けたけどもね」

「そう言うな。俺は結構気に入ってる。昨日出くわした羊飼いより遥かに良い名前だ」

海松茶《みるちゃ》はテーブルの上に紙を一枚用意し、筆ペンを右手に持つ。書道家のように、筆を垂直に立てて。

「何て能力名だったんだい、その羊飼い」

「〈慈悲の一滴《サイケデリック・ラブト》〉だ。精液を混ぜた水を媒介にする変態野郎だった」

「ああ、そいつはカミマチ系のセンスだ。最悪だよ、ぞっとするさね。……さて、自動筆記の準備はできた。紙に刻印行動と能力名が記されれば支払いは逃れられないよ。いいね」

「構わない」

「よく言った。臓器を売るようなハメにならないよう精々祈ってな」

今にも子供を竈《かまど》に入れて食べてしまいそうな顔つきだった。海松茶《みるちゃ》はいつだって御伽噺《おとぎばなし》で語られるような魔女の雰囲気を湛えている。

刹那、海松茶《みるちゃ》の手が動いた。

筆ペンがスラスラと紙の上を走っていく。だが決して紙を見ていない。真っ直ぐ前に視線を置き、魂が抜けたようにぼんやりとしている。

これこそが海松茶《みるちゃ》の羊飼いとしての能力――〈件覚一筆《オールド・タイプライター》〉。

媒介から得られた情報を元に、羊飼いの能力名と刻印行動を明らかにする能力だ。ランクA++チャッターともなればほとんどは羊協の専属だが、海松茶《みるちゃ》はどの組織にも属さずアウトローの羊飼い相手にこうして商売を続けている。

筆ペンはあっと言う間に桐也が欲している情報を紙に書き記した。

〈太陽の落涙《フラッシュ・オーバー》〉

授与行動……相手の所有物を完全に燃やす

享受行動……相手に火を灯して貰う

——八十萬《まん》円也

「八十万？　意外と安いな。もっとかかると思ってた」

我に返った海松茶《みるちゃ》はテーブルに筆ペンを置き、代わりに煙管を口にやって気だるげに煙を吸った。

「残滓に肉片でも混ざってたんじゃないのかい？　ただの無機物じゃここまで安くならない。黒焦げにされた被害者に感謝するこったね」

「全くだな。金はいつも通り金魚屋の方で支払う。ネットマネーでいいか」

「構わないよ。払ってくれるなら何だっていいさね。それにしても、火に関する能力者かい。あんたが追ってる羊飼いは火にトラウマがあるんだろうねえ」

「放火魔がどんなトラウマを抱えているかはどうでもいい。俺が知りたいのはどこにいるか、どんな顔をしているか、名前は何か、だ。見つけ出して殺す。他の賞金稼ぎには絶対に渡さない」

ふう、と煙が吐き出される。海松茶《みるちゃ》が吐いた煙だ。

「桐也、これは私のお節介だ。だから聞き流してくれて構わない。けど一応耳には入れときな」

「矛盾してないか。聞き流して良いのか、耳に入れるのかどっちだ」

「耳に入れた後で、聞き入れるか聞き流すか判断しな。いいかい桐也。あんたは二年前から一歩も前に進んでない。植物状態になった姉と同じく、あんたの人生も止まっちまってる」

「そんなこと言われなくても分かってる」

「放火魔野郎を殺したら前に進むってのかい？　いいや、違うねえ。あんたが憎んでるのは羊飼いそのものだ。自分自身も含めた全ての羊飼い。引き金を引いたくらいじゃ満足しないさね」

「ならどうしろと？　自分のこめかみに銃口をあてて引き金を引けば良いのか、俺は」

「それは自分で考えな。自分の人生なんだからね。ただまあ、そうだね。あんたは羊飼いに向いてないよ。……あんた達は羊飼いになるにはマトモすぎるのさ」

あんた達。桐也と纏のことを指しているのだろう。

――羊飼いに向いていない。そんなこと分かっている。そもそもなりたくてなったわけじゃない。やめることもできない。これは病だ。あるいは呪《のろ》いだ。一度羊飼いになってしまえば、もう後戻りなんてできない。

「羊飼いに向いてるヤツの方が少ないだろ。あんたは向いてそうだがな、ゴッドマザー。この紙、貰うぞ」

「ああ、持っていきな。金払うの忘れるんじゃないよ」

「そんな恐ろしいこと誰がするんだ。俺はまだ五臓六腑《ごぞうろっぷ》が備わった状態で暮らしたいんでね。肝臓と肺にガタが来てそうだが」

「酒臭い肝臓と真っ黒な肺なんて売りモンにならないよ。あんたは真っ先に目をくりぬかれる手合いだ。目だけは綺麗《きれい》だからね」

「この話の流れで褒められても嬉しくないな」

テーブルに置かれた紙を手に取り、桐也は静かに席を立った。場の雰囲気に呑まれていたヨウがビクッと肩を跳ねさせる。やはり怯えている様子だ。

「人の趣味にとやかく言うつもりはないけどねえ、桐也。――女装した男の子を連れ回すのはどうなんだい」

さすがにヨウの骨格が男のそれであることは気づかれていたようだ。

桐也は紙をコートの中にしまうと、庇《かば》うようにヨウの前に立った。海松茶《みるちゃ》のじっとりとした視線から守るために。

「こいつは女だ。誰が何と言おうと」

海松茶《みるちゃ》はぽかんとした表情で押し黙った。

その隙《すき》をつき、桐也はヨウの手を引いて部屋から出て行く。今度は手首ではなく、きちんと小さな手を握っていた。

3 銃創〈REASON OF BEING〉

午後一時。

海松茶《みるちゃ》に情報を貰《もら》ってから一晩が経《た》った。

桐也は札幌中心部にあるアーケード商店街――狸小路《たぬきこうじ》に来ている。

狸小路商店街は大通公園とすすきのの中間地点に存在するアーケードだ。大通公園と平行する形で東西に延びており、南三条西一丁目から南三条西七丁目までを貫いている。

かつてはスーパーやゲームセンター、カラオケ、ディスカウントショップ、八百屋など様々な店が並んでいたが、ここ五年ほどで商店街の雰囲気はガラリと変わった。若者が練り歩くアーケードは、気づけば外国人観光客向けの〝免税〟商店街に移り変わってしまったのだ。

今では狸小路一丁目から七丁目までのほとんどのテナントがドラッグストア、免税店、土産屋で埋め尽くされている。特にドラッグストアの多さは思わず閉口してしまうほどだ。

大手ドラッグストア各社のプロジェクション・サインが至る所で明滅し、アーケード内は外国語の音声案内が鳴り響いている。頭上は荷物運搬用のドローンが行き交うため、虫の羽音めいた音がずっと耳に纏《まと》わり付いていた。

「スニップ解析はお済みですか？　当店ではお客様の遺伝子に合ったオーダーメイド処方が可能です。お気軽にお問い合わせ下さい」

「濃いメイクも剝《は》がすだけ、簡単。フリージアのスプレースキン、大好評発売中」

「臭みが全くない人工羊肉でジンギスカンはどうですか？　食べ飲み放題二千円です」

頭上に等間隔で並ぶプロジェクション・サインが口々にそんなことを言う。いかにも狸小路といった雰囲気だ。

桐也は傍《かたわ》らに居る金髪にサングラスの小柄な女――もといヨウを引き剝がし、疲労の滲《にじ》んだ溜《ため》息《いき》を漏らした。

「くっつくなって言ってるだろ。誤解されたらどうする」

ヨウは少しだけ唇を尖《とが》らせた。普段通りの無表情だが、若干拗《す》ねているようにも見える。

桐也はつい先ほど知り合いの女とすれ違った。知り合いの女と言えば聞こえは良いが、つまりは羊だ。数ヶ月前刻印行動を済ませ、それ以来ほとんど連絡を取っていなかった女である。

相手は軽く挨拶《あいさつ》をするだけで、桐也の隣にいる女に対して言及することはなかった。さっぱりとした女性なのだ。

だがヨウは違った。女性が去った後、露骨に眉《まゆ》を顰《ひそ》めた。

――理由は分かっている。嫉妬《しっと》だ。

消耗しつつある羊が他の羊に敵対心を抱くように、ヨウもまた他の羊に敵対心を抱く。電気羊《エレキラム》の習性なのか、ヨウ個人の性格なのかは分からないが。

「ゴカイってなに？　くっつくとゴカイされるの？」

「くっついてたら、俺のオンナみたいに思われる」

「思われたらダメなの？」

「ダメだろ」

「でもヨウは女だし、桐也のものだから、桐也のオンナで間違ってないよ」

「オンナっていうのはな……いや、何でもない。とにかくダメだ。俺にくっつくな。以上」

いちいち説明していたらキリがない。ヨウに「オンナ」という存在の意味を理解させようとしたら一日かかるだろう。

桐也は再度溜息を吐き、ヨウを置いて歩を進めた。

狸小路を出て、一丁目と二丁目の間をすすきの側へと南下する。目指すはすすきのの駅前通りにある巨大商業施設だ。

商業施設は桐也の知り合い――もとい情報屋が数多く屯《たむろ》している。〈太陽の落涙《フラッシュ・オーバー》〉の刻印行動を受けた人物について何か情報が得られるかもしれない。

ヨウは置いて行かれまいと小走りで後をついてくる。

よく見ると、軽く頰《ほお》を膨らませているようだった。

「何だよ、その顔。拗ねてるのか」

「分からない。ヨウは拗ねてるの？」

「俺に聞くな」

「ん、待って。こういう時に何て言ったら良いか知ってる。映画で見た」

顎《あご》に手を当て、真剣に思案しているヨウの姿は何だか滑稽《こっけい》だ。本人は大真面目《おおまじめ》なのだろうけど。

ヨウは「拗ねる」という感情をきちんと言語化できるのか。だとすれば、映画での社会勉強もそれなりに意味を持ったことになるが。

「ええと……確かこう。ヨウは今怒ってるの。このままだと家を飛び出して、あなたの顔先にリコントドケを突きつけてしまいそう」

——思ったよりもロクなことじゃなかった。

しかも驚くほど棒読みだ。まずリコントドケが何なのか理解していないだろう。

「ヨウのキゲンをとらないと大変なことになる。具体的にはそう、みかぼしレストランの最強級でなー」

「三つ星レストラン」

「みつぼしれすとらん」

「最高級ディナー」

「さいこうきゅうでぃなー」

「言えたな、偉いぞ。あとは黙ってろ」

ヨウはむっとした様子で口を尖らせたが、文句を言うことはなかった。

——映画で社会勉強をさせるのはそろそろやめた方が良いだろうか。

ヨウを拾ってから三日。生活していく上で必要な単語はある程度会得したようだったが、全く必要の無い言葉まで覚えてしまう。今朝方「マチーニをステイじゃなくシャークで」というセリフが飛び出した時、気が遠くなるような気さえした。

こんなことを続けて何になるのだろう。

いずれ〝返却〟しなければならない備品だというのに。

どうして――。

「待て、ヨウ。ちょっと止まれ」

桐也は途端に目を細め、ヨウを道路とは反対側――自分の左方に隠した。

前方で黒塗りの車が信号待ちをしている。信号プロジェクション・サインに覆われてよく見えないが、一昨日石狩で見た車によく似ている。

――布垣か。

「ヨウ、少しの間そこの……」

桐也は左手にあるアミューズメント施設を見上げた。十五階建てで、ゲームセンター、映画館、ボウリング施設などが入っているビルだ。ド派手なプロジェクション・サインが建物全体から浮かび上がっている。

――人の出入りは多いが致し方ない。もう信号は青になった。

「入口入って右手に映画の広告並んでるところあるだろ。あそこで待ってろ。絶対にその場から動くな」

「桐也は?」

「ここにいる。すぐ戻るから大丈夫だ。ほら、早く行け」

主人の真剣な表情から何かを悟ったのか、ヨウは素直に頷《うなず》いて駆けていった。

ちょうどその時、例の高級車が桐也の側《そば》で停車した。

□

「また会ったね、斗一君。これも何かの縁かな?」

後部座席の窓ガラスが下がり、中から布垣浩一郎が顔を覗《のぞ》かせる。一昨日会った時と変わらず、人の良さそうな笑みを張り付けて。

今日の布垣は若干疲労を湛《たた》えているように見えた。

やはり羊対課課長ともなると心労が多いのだろうか。決して楽な仕事ではないはずだ。羊飼い側の立場から〝羊飼い〟を守る羊協とは違い、羊飼い側の立場から〝市民〟を守らなければならない。羊協と市民の板挟みは想像よりも遥《はる》かに苦しいだろう。

――だが、それだけなのだろうか。

「今日も放火魔の件を追っているのかね」

桐也はしばらくの間押し黙っていたが、布垣が小首を傾《かし》げたため仕方なしに口を開いた。

「ええまあ、そうです。刑事の真似事《まねごと》をしてるつもりはありませんが、情報収集を。……焼死体の件、何か進展はありましたか」

「何も無いよ。羊飼いが関与している事件、と断定されたくらいだね」

「となると、焼死体の件は公にはなりませんね」

「心苦しいがそういうことになる。被害者は市内に住む二十代の女性だったそうだ。表向きは交通事故ということで処理をした。――これで三人目だ。酷《ひど》い話だよ」

「三人？　焼死体は三体出ているということですか」

布垣は苦しげに頷いた。悲痛な表情だ。見ている側まで苦しくなってくる。

――三体の焼死体。

放火魔がカミマチ構成員かどうかは分からないが、能力の行使に躊躇《ちゅうちょ》がないことは確かだ。際限なく能力を使えば当然羊にも負担がかかる。毛無しを回避するため、羊を増やそうとするのは目に見えている。

放火魔が刻印行動を続ける以上、奇行に走る人間として噂《うわさ》が立つはずだ。放火魔の授与行動は「相手の所有物を完全に燃やす」こと。羊候補者に許可を得ていなければ当然トラブルになる。その線から探っていけばいずれは辿《たど》り着くだろう。

「そういえば聞いたよ。先日、石狩でカミマチ構成員に襲われたそうだね。羊対課が警備にあたっていながら申し訳なかった。もう少し警備を強化する必要がありそうだ」

――石狩で遭遇したカミマチ構成員……蜘蛛《くも》男のことか。

桐也はふと蜘蛛男の能力を想起し、全身が粟立《あわだ》つのを感じた。あの時伊織が鉄骨を投げ込んでくれなければ手で〝蜘蛛の巣〟を払う羽目になっていたのだ。

蜘蛛男は明らかに桐也を狙《ねら》っていた。だが炭酸水男や、植物男の仇討《あだう》ちというわけではなさそうだった。何者かに依頼を受けているような口ぶりだったのを覚えている。

——放火魔事件を追うことを良しとしていない人間がいるのか。

「カミマチは恐ろしい連中だ。目的のためなら何だってする。——札幌市民が彼らに支配されてしまえば、この街は終わる」

「そうならないためにあなた方羊対課がいるのでしょう」

「そうとも。全くその通りだ。……けれどもね、私は時折不安を感じてしまう」

「不安とは？」

「もし大事な人間が羊にされて、発狂してしまったとき。私は果たして止められるのだろうかと。あるいは自分が羊にされていたとしたら。気づかないうちに発狂してしまったら。……羊飼いが常に不安を抱えているように、羊飼いの存在を知る市民もまた恐怖と戦っている」

「羊対課の課長がそんな弱気でどうするんですか。羊を毛無しにさせるような羊飼いを事前に処理するのが羊対課の仕事でしょう」

布垣は弱々しく笑った。

なぜか、その笑みは〝壊れかけている〟ように思えてならなかった。

「ははは。君の言うとおりだな。少し弱気になりすぎていたか。仕事とは別に色々と厄介な事情が重なっていてね。いわゆる家庭問題というやつだ」

「お子さんですか?」

「その通り。妻と離婚してからというもの、子供とはたまに顔を合わせる程度だったのだが……妻が二年前に他界してね。そのせいで息子が病にかかってしまった」

「それはお気の毒です。奥さんは、ご病気で?」

「いや火事でね。不運な事故だった」

一瞬返答に詰まった。まさか事故死だとは思わなかったからだ。

「……すみません。言いにくいことを」

「構わないよ。私は折り合いをつけている。ただね、息子は未《いま》だに母の死を受け入れられていない。本当に、見ていられないほどだ」

「家族の死を簡単に受け入れられる人間なんていませんよ」

「君が言うと説得力があるな。……すまない。お姉さんはまだ生きているのだったね」

「姉は生きていますが、母は死にました。ただまあ、俺はあまり母の死を重く受け止めませんでしたが」

「なぜ?」

「良い母親とは言えなかったので」

布垣は眉尻《まゆじり》を下げ、呆《あき》れを含んだ苦笑を浮かべた。

「本当にさっぱりした若者だな。例えば、だよ。君が家族の死に苦しみ、自殺すら考えているとしたら……何を望む?　誰かに助けてもらいたいと思うかね?」

「思わないでしょうね」

「それはまたどうして」

「赤の他人に出来ることはないでしょう。どうしてもと言うのなら……そうですね。羊にでもなってもらいます」

布垣は一瞬面食らったように目を瞬《しばた》いたかと思うと、声をあげて笑い出した。

「羊にか、それはいい。羊飼いらしい発想だ。……そうか、なるほど。よく分かったよ」

「あなたには縁のない話では？　羊対課には羊飼いがいないのでしょう」

「勿論《もちろん》だとも。私は羊飼いと関《かか》わらない。羊飼いを捕らえる立場の一市民だからね」

布垣はふと寂しげな自嘲《じちょう》を浮かべた。その顔はなぜか、「大丈夫だから」と強がる流音の顔と重なって仕方がなかった。

「余計な話をしてしまったな、すまない。忘れてくれ。君は息子と年齢が近いから、どうしても気が緩んでしまうんだ」

「俺なんかでよければ、いくらでも話し相手になりますよ」

——ついでに情報も聞き出せるだろうし。

桐也は内心でそう呟《つぶや》いたが、表情は一切変えなかった。

「そう言ってくれると嬉《うれ》しいよ。ところで、先ほど君の隣にいたのは……恋人かな？」

——恋人。ヨウが？　冗談じゃない。

「違いますよ。従姉妹《いとこ》です。今日は室蘭《むろらん》から札幌に」

「おお、室蘭から。従姉妹さんにもよろしく伝えておいてくれ。——それでは、私は行くよ。放火魔について何か進展があったら教えて欲しい。私もできる限り協力する」

桐也の返答を待たずに、窓ガラスは自動的にせり上がっていった。高級車は一切の音を立てずに札幌駅方面へと走り去っていく。

桐也は車が完全に消え去ったことを確認し、ヨウを待たせているアミューズメント施設へ走った。

ヨウは——いた。

映画の電子広告がずらりと並んでいる一角で、呆気《あっけ》にとられたように口を開いていた。

よく考えればヨウは映画をタブレットという媒体でしか観たことがない。以前ヨウが観た映画の中に〝映画館〟のシーンが出てきたが、それが何なのか理解できていない風だった。

ふと、桐也はとある電子広告に目を留めた。

ヨウは桐也が迎えに来たことに気づき、パタパタと駆け寄ってきた。

「桐也、ここ凄《すご》い。映画が沢山見れる。——でも、映画が途中で途切れちゃう」

「映画じゃなくて広告だ。今上映してる映画を宣伝してる」

「上映ってなに？」

「上映っていうのは——」

いざ〝映画〟について説明するとなると難しい。

今やタブレットや端末機《T・C》、ＰＣで映画が観られる時代だ。それでも〝新作映画はまずスクリーンで〟というルールは揺るがない。人々は閉鎖された空間の中、大画面でフィクションの世界へと没入する。最近は４Ｄが主流だが、２Ｄの映画も根強く残っていた。

——最後に映画館に行ったの、いつだろうな。

もう長いこと足を運んでいない。少なくともこの二年間は訪れていなかった。観る暇がなかったし、観る気にもなれなかったのだ。

「ざっくり言えば、新しく作られた映画だ。まだタブレットでは観られない。観たけりゃ高い金払って映画館で観ろってことだな」

「映画館って、知ってる。椅子《いす》が沢山あって、みんな大きな画面を見てる。あと、白くてふわふわした食べ物を食べてた」

「ポップコーンのことか？　大して美味《うま》いものでもないぞ、あれ」

「そうなの？　映画見るときは、ええと……ポッポコーンがないとダメなんだって」

「ポップコーンな」

「ポップコーン」

「まあ、お前に映画館はまだ早い。タブレットにあるやつで我慢しろ。ポップコーンなら今度コンビニかどっかで買ってやる」

「でもこれ、タブレットにもある映画だよ。前に見た」

ヨウが指さしたのは、桐也が若干気になっている数十年前の映画のリメイクだった。

確かにヨウはリメイク前のものを一度観ている。「おじさんが女の子に銃の使い方を教えたり、牛乳を飲んだりしてた」という雑すぎる感想を述べた昔の映画である。

「これ見てみたい」

ヨウは、まるで初めて宇宙船を見た子供のような顔をしていた。

――観たいと言われても。

電気羊《エレキラム》を連れて映画を観るなど笑い話にもならない。こうして連れ歩いていることすらリスクを負っているというのに。

「ダメだ。その内タブレットでも観られるようになるから、それまで我慢しろ」

「その内っていつ？」

新作映画がストリーミングサービスで配信されるのは大抵半年後くらいだ。

――半年後。きっと、ヨウはその時もういないだろう。

「その内はその内だ。詳しい時期は知らない。……行くぞ。人が多い所に長居したくない」

「分かった。見られるようになるまで我慢する」

露骨に落ち込んでいる様子だった。

普段感情表現が希薄なヨウがここまで落胆するということは、余程映画が気になっていたのだろう。

――だからどうした。電気羊《エレキラム》が怒ろうが、落胆しようが、関係無い。どうせその感情だって、作られたものでしかないのだから。……なのに。

「ああもう鬱陶《うっとう》しいな。分かった、ならこうだ。俺がすべきことを終えて、お前もきちんと留守番して、片付けだとか飯だとかそういうことを覚えて、大人しくしてたら連れてきてやってもいい」

「ホント?」

「ああ」

「分かった。ヨウ、片付けするし、メシするし、大人しくする。留守番も頑張る。凄い頑張る」

「おー、頑張れ頑張れ」

桐也は自分自身に「本当に連れてくるつもりなのか」と自問していた。

桐也が口にしたのはヨウの機嫌を取るための方便だ。普段女達に言っている甘い言葉と何一つ変わらない。

——ただ、ヨウが今まで見たこともないほど嬉しそうにしているものだから。直視していられなくて。

「ありがとう、桐也。えっと、こういう時になんて言うか知ってる。——楽しみで胸が張り裂けそう」

「……そうか。それは何よりだ」

ヨウの明るい声音とは対照的に、桐也の声は低く冷たい。

ふいに、映画の電子広告から作中のセリフが漏れ聞こえた。

いい、いい、いい、
決して君を独りにはさせない。

桐也は誰に言うわけでもなく、「うるさい」と返答していた。

□

「なあ、野菜炒《いた》めが甘いって聞いたこと無いぞ。何入れたんだよ」

昼の十二時半。ちょうどお昼時だ。

口に入れたキャベツを咀嚼《そしやく》しつつ、桐也は殺し屋のような低い声を出した。ようやく呑《の》み込んだかと思うと、桐也は眉を顰《ひそ》めて水を一気飲みした。まずいのは決してキャベツが培養ものだからではない。

斜め向かいではヨウが目をパチクリさせながら野菜炒めを食べている。自分で作った初めての料理だ。

「動画の通りに作ったはず。何も間違ってないよ、本当に」

「なるほど、レシピ動画の通りに作ったのなら仕方が無いな？　甘い野菜炒めのレシピだったんだろうさ。今すぐここに塩持ってこい」

「塩？　あのサラサラしたやつ？　分かった持ってくる」

ヨウはパタパタと台所に駆け寄り、隅に置いてあるケースを手に取った。

「待て、そっちの瓶に入ってるやつも持ってこい。蓋《ふた》が赤い瓶だ」

「しょくたくしお、って書いてあるこれ？」

「そうだ」

言われたとおり、ヨウは白いサラサラが入っているケースと瓶を持ってテーブルに戻ってきた。

未だに自分の失敗を理解していない顔だ。

――味覚は備わっているはずだが。

確か以前豆パンを美味《おい》しいと言っていた。その後もパンやおにぎりを食べさせているため、味というものについて学習もしているはずだ。五日も食事をしているのだから。

そう、ヨウが家に転がり込んできてから五日が経過した。

放火魔の能力名を知ったのが三日前のことだ。桐也は連日札幌中心部へと足を運び、爛《ただ》れた人脈を有効活用して聞き込みを行った。ＳＮＳで女達にも情報提供を呼びかけている。そのため桐也の端末機《Ｔ・Ｃ》はこの三日間ひっきりなしに着信音が鳴っていた。

未だにヨウは家にいる。

散々映画を観てそれなりに社会というものを学んだようだ。五日前に比べれば遥かに人間らしくなった。

つまり、桐也はヨウという電気羊《エレキラム》を人に仕立て上げつつあるのだ。

――どうかしている。

羊協に逆らう行為だ。バレればどうなるか分かったものではない。

桐也はこの五日間「今日こそ羊協に連絡しよう」と考えて生活していた。だが羊協へメッセージを送ることは一度もなかった。

それどころか、桐也は今こうしてヨウに料理という行為を教えている。結果は失敗に終わったのだが。

「白いサラサラ、二つあるよ」

ヨウはテーブルにケースと瓶のそれぞれを並べ、小首を傾げた。

「お前が料理に使った方はどっちだ」

「料理に使ったのはこっちのケースに入ってる方」

「少し手のひらに出して舐《な》めてみろ」

言われたとおり、ヨウはケースに入った白いサラサラを舐めた。

「舌がふわんふわんする」

「瓶の方も舐めてみろ」

「あれ。こっちは舌がビリビリする。ケースに入ってるのと違う」

「ケースに入ってるのは甘味料。甘い。瓶に入ってるのが塩。しょっぱい。料理に使うのは基本的にこっちの塩だ。動画でもそう言ってただろ」

「言ってた。塩をひとつまみって」

「お前がひとつまみしたのは甘味料だ」

「ヨウ、もしかして間違った？」

「ああ、間違った」

「ごめんなさい」

最近のヨウは謝ってばかりだ。

社会性を会得したため、自分がいかに社会とズレているかを理解するようになったのかもしれない。

申し訳なさそうに俯《うつむ》くヨウを見ると桐也はどうしても言葉を呑み込んでしまう。本来なら「ふざけるな」と吐き捨てるところだが、姉に似た顔を前に口汚く罵《ののし》ることができなかった。

完全に愛着を抱いてしまっている。

今思えば名前をつけたことが間違いだったのかもしれない。五日前のあの日、ドアを開けなければ日常が崩れ去ることもなかった。

桐也の中ではもう、ヨウが付き従う今こそが日常になりつつある。

いつ崩れるかも分からない砂の城と分かっていながら。

「これ美味しくないから、ヨウが食べる。次はもうちょっと上手に作るから」

「いや、いい。塩と甘味料の違いはもう覚えただろ。分からなくなったらひとつまみ舐めてみろ。次は間違うな」

「分かった。次は上手に作る」

「よし。なら食え。残すな」

「残さない。食べる」

ヨウは辿々しく箸《はし》を操り、自分で作った野菜炒めを口に押し込んだ。「あまい」と言葉が漏れたようだったが聞かなかったことにした。

「そういえば、今日はお出かけしないの？　ききこみは？」

「夕方になったら出かける。それまではネットで情報を収集する。お前は映画観てて良いぞ」

「分かった。悪い人、捕まえられそう?」

「さあな。まだ情報が足りない。刻印行動は分かっているから、羊さえ見つかればあとは放火魔の情報を聞き出すだけなんだが」

「昨日見た映画で、捜査は足だって言ってた。意味はあんまり分からなかったけど」

「歩き回って情報を集めるのが良いってことだ。足を使って歩くだろ」

「なるほど。理解。桐也は物知り」

「お前が常識なさ過ぎるんだ」

口の中に入っていた甘ったるい野菜炒めを無理矢理に嚥下《えんげ》し、桐也はコップにペットボトルの水を注いでラッパ飲みした。

「確かに地道な聞き込みが一番なんだろう。ただお前を毎回連れ歩くのもな。留守番できるようになってくれれば良いんだが」

「映画二本分までなら、我慢できると思う」

「四時間過ぎたらまた部屋を散らかすだろ。正直なところお前を外に出すのは望ましくない。変装させているとはいえバレる可能性はゼロじゃないからな」

「金髪くるくるにしたらバレないって桐也言ってた」

「羊協は必死になってお前を探してる。俺がずっと羊連れ歩いてたらさすがに疑うだろ。俺は元々羊とは接触を持たない羊飼いだ」

「むう。ヨウの存在が桐也の邪魔になってる。ごめんなさ――」

「ああもう謝るな、面倒臭いヤツだな。謝るくらいなら留守番してくれ」

言葉に詰まったのかヨウは頬を膨らませた。

だがどれだけ頬を膨らませたところで、ヨウをこれ以上連れ歩けないというのは事実だ。

昨日すすきので羊協直属の羊飼いを見かけた。ヨウを探しているのは明白だった。

羊協にとって電気羊《エレキラム》一人くらいは取るに足らない存在なのだろうが、カミマチの手に渡ると厄介だ。羊協としては迅速に身柄を拘束し、その後――。

どうするのだろう。

い、い、い、い、い、

――まさか、殺すとでも。

十分あり得る話だ。

ヨウは既に〝主人〟を見つけてしまった。桐也という主人を。

連れ帰ったところで他の羊飼いと契約させられない以上、ヨウは電気羊《エレキラム》として不良品だ。廃棄処分する他無い。

――ヨウが、殺される。

桐也は臓腑《ぞうふ》の中に得も言われぬ冷たさが沈んでいるのを認識していた。今まで感じたことの無い感覚だ。焦りと恐怖が混ざり合った、吐き気を催すような感情。

――恐れている。ヨウを失うことを。

「桐也、どうしたの。顔色が悪い」

ヨウに顔を覗き込まれ、桐也はビクッと肩を跳ねさせた。

「いや、何でもない。気にしないで野菜炒め食え」

「分かった。食べる」

「とりあえず今日はお前を連れて行く。……が、そろそろ今後の方針を考えるべきだな。お前をずっと連れ歩くわけにはいかない。何としてでも留守番を覚えて貰う」

「訓練する。だから捨てないで」

「捨てはしないが……」

――違う。捨てなければならない。このままだとどんどん手放せなくなる。

「ねえ、桐也。あの羽」

「羽？　ペンダントのことか」

「あれはぺんだんと、というものなの？　分からないけど、あの首からかける羽。アレがあれば、お留守番できる気がする」

「お前アレが欲しいから適当言ってるだけだろ」

「適当じゃない。あの羽があると、安心する。桐也が近くにいるような感じがして」

形見一つで、ヨウは留守番が出来るようになるのか。

桐也にとって羽のペンダントは大事なものだ。いつまでも過去から逃れられない桐也の心そのものでもある。

――だが、しばらくヨウに預けてみるのも悪くないかもしれない。形見を手放したからといって過去を清算できるわけではないだろうが、気持ちの整理も含めて。

「どこでそんな交渉術を学んだんだ？　変な映画観てないだろうな」

「見てない。オススメってところにあるもの見てる」

「最近は全年齢対象でも結構大人向けな描写があったりするからな。油断ならない」

桐也は椅子に座ったまま腕を伸ばし、小物入れの蓋を開け、ペンダントを取り出した。

「絶対に無くすなよ。大事なものだ」

「うん、無くさない」

「その代わり、ちゃんと留守番しろ。出来ないはもう聞かないからな。部屋を荒らさないで待ってろ」

「大丈夫。待ってる。ヨウ、ちゃんとお留守番する」

　意気込んでいるつもりなのか、ヨウは甘ったるい野菜炒めをガツガツと口に入れた。

　五日間一緒に過ごして分かったことだが、ヨウは華奢《きゃしゃ》な体に反して結構大食いのようだ。野菜炒めも明らかに三人前の量を作り、ヨウが二人前を抱え込んでいる。

「……ん？　こいつからメッセージか、珍しいな」

　桐也は口に野菜炒めを押し込んだまま、端末機《T・C》を操作してメッセージを確認した。ヨウが若干むっとしているがいちいち気にしていたらキリがない。

　メッセージを確認する桐也の顔はどこまでも気だるげだった。

　大抵は女達からの面倒臭い無駄話だ。最近会ってないだの、また会いたいだの、あなたを許さないだの。

だが、たった今届いたメッセージは桐也の表情を一転させるだけの力を持っていた。

——持ち物燃やされたって女の子、知り合いにいるよ。

——キーちゃんの探してる人かどうかは分からないけど！

——そのコ、今夜仕事だと思うけど、連絡してあげようか？

「捜査は足っていうの、もう古いな」

桐也はヨウに聞こえるか聞こえないかの声量で呟き、メッセージに対する返信を入力した。

返答は勿論イエスだ。

女からの返信は随分と早く、「りょーかいだよー」というやる気の無い文字列が軽快な効果音と共に表示された。

□

午後六時半。気温は三度。ちらほらと雪が降っている。

すすきの交差点にある某ハンバーガーショップの最奥で、桐也と女性は向かい合って座っていた。

店内は一階が厨房《ちゅうぼう》とカウンター、二階が飲食スペースとなっている。フロアは随分と広く、席数が多い。交差点側は一面ガラス張りになっており、斜向《はすむ》かいにあるウイスキーのプロジェクション・サインがジャンクフードに舌鼓を打つ若者達を見守っていた。

桐也の目の前でダラダラとハンバーガーを食べているのは、お嬢様風のワンピースに身を包んだスレンダーな女性だ。顔立ちは整っているが所作があまりにもだらしない。雰囲気で損をしているタイプである。

音を立てながら食事をしている女性——夢香《ゆめか》を眺めつつ、桐也は無表情にホットコーヒーを口にしていた。

桐也の前には食事が無い。あるのはホットコーヒーだけだ。

「……で、聞きたい話ってなに？　ユメ、八時から出勤だから早めに終わらしてね」

夢香はポテトを四本まとめて口に押し込みながらじろりと桐也を見据えた。

ヨウがここに居たら頬を膨らませていただろう。頬を膨らませるだけでは済まないかもしれない。

ヨウは家で留守番させている。映画四本までなら頑張ると言っていたので、タイムリミットは八時間。アパートを出たのが午後五時。つまり午前一時までに帰宅すれば問題ない。

桐也はホットコーヒーをテーブルに置き、余所《よそ》向きの笑顔を浮かべた。

「男性を癒《い》やす仕事だと聞いてます。お忙しいところ、すみません」

「うえ、何それ。嫌味？　てか、ミーちゃんと知り合いならユメが何やってるのかも知ってるっしょ。隠す気もないし」

「杏沙《あずさ》はあなたのことをただの友達と言っていましたよ」

「うっそだあ。あいつそんなに気ィつかえる女じゃないしょ」

——その通り、嘘《うそ》だ。

杏沙というのは昼過ぎに桐也へメッセージを送ってきた女性の名前だ。羊の一人であり、キャバクラで働いている。口が軽く、愉快な女性である。

もちろん杏沙に気遣いという高度な行為が出来るはずも無く、メッセージの続きには「そのコ、デリやってるから出勤時間まちまちなんだよね」と記されていた。

「……まあ、俺にとっては夢香さんがどんな仕事をしてようがあまり関係がないんです。話を聞かせてくれればそれでいいですよ」

「ご飯奢《おご》って貰ってアレだけどあんたちょっと怪しくない？　なに、探偵的な？　ユメの客に妻子持ちでも居た？　面倒臭いなあ。ユメは関係ないよ」

「いえ、誰かからの依頼ではないです。俺が個人的に調べてることがありまして」

「余計に怪しい。顔が好みじゃなかったら今すぐ逃げてたと思う」

「ならこの顔に免じてもう少し付き合って下さい。八時出勤ならまだ時間があるでしょう？」

「自分で言っちゃう？　引くんですけど」

そう言いつつ夢香は笑っている。まんざらでもなさそうだ。

今まで数多くの女性を落としてきた桐也にとって、この手の女を手玉に取るのは造作も無いことだった。警戒している女ほど一度懐に滑り込んでしまえば早い。逆に最初から全《すべ》てをオープンにしている女はやりにくい。美鶴や杏沙がそのタイプである。

桐也は努めて年下感を演出し、甘えを含んだ目つきでもって夢香を見つめた。

「夢香さんしか頼れる人がいないんですよ。俺、凄い困ってるんです。本当ならもっと高いもの奢りたいところなんですけど」

「いいよ。ハンバーガー好きだし。んで、何が知りたいワケ。ウリやりたいからどっか紹介してくれって話？」

「嫌だな、やりませんよ。俺が知りたいのは、夢香さんがマフラーを燃やされたって話です。ここ最近のことだったと聞きましたけど」

「ああその話。別に大したことでもないけど、うん、確か四日前くらいだったかな。客にマフラー燃やされたの。ホント頭にくる。どういう趣味だっていうわけ？　意味分かんないよね」

「イカれてますね、その客」

「うん、ホントにね。何か目つきも変だったし」

「もうちょっと状況を詳しく聞かせてもらっていいですか？」

夢香はコーラで口の中を洗い流し、煙草《タバコ》を一度口に運んで煙を吐いた。口臭がキツいのか、煙草のそれとは違う嫌な臭いがした。

「呼ばれたのはホテルだったから、普通にホテル行ったわけ。すすきののね。客は猫背でひょろひょろした気持ち悪い男。オタクっぽい見た目で最悪だった」

「歳《とし》は？」

「二十代半ばって感じ。わかんない、三十いってるかも」

「なるほど。それで、呼ばれてどうしたんですか？」

「まずね、真っ先に煙草に火ィつけてって言われた。この時点で好感度どん底。だって普通、ホテルのドア開けた瞬間に煙草に火、なんて言う？　荷物置いて料金支払いすんのが先でしょ。何様だっての」

「確かにそれはちょっと変ですね」

夢香は大げさに頷いた。共感して貰えて嬉しいのだろう。

「一応煙草に火ィつけたよ。オタクみたいなキモ男でも客は客だし。でもその男、火ィつけたばっかの煙草すぐ灰皿に潰《つぶ》したわけ。意味分かんない」

「吸わなかったってことですか？」

「そう。んで、料金貰って、シャワー浴びよっかってなったとき、あのオタクなんて言ったと思う？　シャワーは一人で浴びたいから先浴びてきてって。いやまあユメとしては一人の方が嬉しいけど」

「珍しいですね。一緒にシャワー浴びるのも含めてサービスでしょうに」

「だよね。でも今思えばあの時点で疑っておけば良かったかな」

再びくちゃくちゃと咀嚼の音が響く。

桐也は僅《わず》かに眉を顰め、極力夢香の口元を見ないようにしてコーヒーを流し込んだ。

「お言葉に甘えて先にシャワー浴びたんだよね。でも忘れ物しちゃってさ。うがい薬」

「取りに戻った、と」

「したっけ、燃、や、されてたの。マフラー」

「そのオタクみたいな客に、ですか？」

「他に誰がいるのさ。あのオタク男、ライターでユメのマフラー炙《あぶ》ってるの。必死な顔して。正直逃げようって思った。こいつヤバイって。でも燃やされてたマフラーお気に入りだったんだよね。だから頭に血が上って」

「血が上って？」

「オタク男張り倒して、散々ぶん殴って、マフラー取り返したの。んで、もちろん店に電話。追加で弁償金貰って男出禁にして、おしまい。ホント気持ち悪かった。思い出してもぞっとする！」

もう話すことはないという意思表示だろうか、夢香はポテトを口に押し込みコーラで流し込んだ。憤《いきどお》ってはいるがすっきりとした顔をしている。

一方、桐也は口元に指先を添えて無表情にコーヒーの水面を見つめていた。

放火魔の刻印行動は〝相手の持ち物を完全に燃やす〟と〝相手に火をつけてもらう〟だ。夢香が話したオタク男の奇行は見事に当てはまる。

流音の部屋からも焼けた化粧ポーチが見つかったと纏は言っていた。意図的に焼いたとしか思えないほど真っ黒焦げになっていたのだそうだ。

マフラーが焼け残ったことを考えると夢香は放火魔の羊にならずに済んだのだろう。忘れ物をせずにずっとシャワーを浴びていれば契約は成立していたに違いない。

オタク男こそが放火魔――〈太陽の落涙《フラッシユ・オーバー》〉の能力者だ。

「夢香さん、その男の連絡先とか名前って、控えてあります？」

「控えてるっていうか、一応免許証の写真は撮ったけど……。それがどうかした？」

「その写真、送って貰えませんか」

一切の駆け引き無し。単刀直入な申し出だ。

目的は放火魔の個人情報を得ること。免許証の情報など最も望ましい形だ。この機会を逃すわけにはいかない。

だが、夢香は躊躇《ためら》っているようだった。

当然だろう。いくら気味の悪い迷惑客とはいえ客は客。個人情報を見ず知らずの人間に渡すような真似は普通しない。どんなトラブルに巻き込まれるか分かったものではないからだ。

「さすがに個人情報を教えちゃうのはマズいっていうかぁ……そもそも、なんでオタク男のこと調べてんの？　知り合いなの？」

「いえ、知り合いではなく知りたいんです。どうしても知りたい」

「そう言われてもなあ。お店側に交渉して貰った方が早いかも。ユメはちょっと、渡せない。お店に怒られたくないし」

「そう言うと思っていました。これ、大したものじゃないですけど」

桐也がテーブルの上を滑らせたのは煙草のケースだ。中身が詰まっているようだが新品ではない。開封した痕跡《こんせき》がある。

「煙草で釣られるほど飢えてないんですけど。馬鹿にしすぎ」

「煙草じゃありませんよ。中、見てみてください」

「なーにー、胡散臭《うさんくさ》いなあ。もので釣ったって客の情報は――」

夢香はケースの中身を確認した状態のまま硬直してしまった。

当然だろう。中に入っているのは束になった一万円札なのだから。

金額にして十五万円。夢香はデリヘル嬢のようだが、金に余裕がある風には見えない。

「う、そ……あんた、これ、本気?」

「本気ですよ。言ったでしょう、どうしても知りたいと。足りないのならば上乗せしますか?

いいですよ。満足するまで」

「あんたもしかしてヤのつく人? ユメなんもしてないよ。本当」

「ヤのつく人じゃないです、安心して下さい」

言うなれば〝ヒ〟のつく人だな――そう内心で呟いたが、口に出すことはなかった。

「何で? 何でそんなに知りたいの? ユメが担当したオタク男、何なの?」

「とある事件に関わっているんです。人が死んだ事件。その犯人かもしれない」

「人が死んだ事件? 殺人事件ってこと?」

「そうです」

夢香の声の大きさに眉を顰《ひそ》めつつ、桐也はテーブルの下で器用に端末機《T・C》を操作していた。画面に映し出されているのはメッセージアプリのトークルームだ。

「殺人事件なんてここ最近札幌で起きてないじゃん。札幌の事件じゃないの？　やっぱりヤがつく人なんじゃないの、あんた」

「隠蔽《いんぺい》されてるんですよ、その事件。普通の人は知ることができない」

「なにそれ、映画じゃあるまいし……。ねえ全部作り話でしょ、嘘だよね？　オタク男に奥さんがいて、その奥さんに依頼されたってパターンでしょ？　よくある話だもん。事件とか嘘つかなくていいよ」

「嘘じゃありません。犯人は恐らく人を焼き殺してる。そういう性癖なんでしょうね。何て言いましたっけ。ピロフィリア、でしたか」

「ユメ、難しいこと分かんない……。あっ、待って。そうだ、確か」

桐也はやはりテーブルの下で端末機《T・C》を操作している。時折テーブルの下に視線を向けるものの、顔は真《ま》っ直《す》ぐ夢香の方に向けたままだ。

一方夢香は何かを思い出したのか、サァと顔を青くした。

「何日か前に来た客が言ってた……。どっかの店で、全身火傷《やけど》まみれの女の子がいたって。その子今出勤してないんだって」

「火傷まみれ、ですか」

「嘘、待って、まさかその女の子が殺されちゃったの？　ユメも殺されちゃう？　ユメ、そのオタク男に顔も見られてるし話もしたよ。ねえ、どうしよう。警察行った方がいいかなあ！」

声が大きい。周囲の客に聞かれてしまいそうだ。大衆向けハンバーガーショップを選んだのは失敗だったかもしれない。

――他の客に聞かれるのはマズい。被害はこの女一人で食い止めなければ。処理できるのは、、、一人だけなのだから。

「警察は何もしてくれませんよ。言ったでしょう、事件を隠蔽していると。あなたが殺されたところで行方不明ということにされて終わりです」

「そんなことあり得るの？　ドラマじゃあるまいし」

「あり得ます。だからこうしてお願いしてるんです。マフラーを燃やした男の情報を下さい、と」

夢香はすっかり桐也の話を信じているようだった。

そもそも桐也の話は決して嘘ではない。ほとんどが事実だ。突拍子もない事実だからこそ嘘くさく聞こえてしまうだけである。

夢香の口から飛び出した、火傷を負った風俗嬢の話。放火魔と無関係とは思えない。

放火魔は別の風俗嬢を羊にし、その風俗嬢を能力で以《もっ》て殺したということなのだろうか。羊飼いが羊を殺すなど異常事態だ。羊を殺せば能力は弱体化する。羊飼いならば誰もが知っていることである。

考えられるのは放火魔が見境無しに能力を使い、羊にされた風俗嬢が〝毛無し〟になったというパターン。発狂した羊が邪魔になって殺したという可能性だ。

――もしかすると、思っている以上に放火魔の羊は少ないのかもしれない。

「情報教えたら、ユメのこと守ってくれるの?」

桐也はきょとんと目を瞬き、慌てて余所向きの笑顔を浮かべた。

「直接守ってあげることは出来ませんが、犯人を捕まえることで危険から遠ざけることは出来ます。少なくとも警察よりはあなたの身を守れるかと」

「そ、そうだよね。警察が何もしてくれないなら……」

「どうしますか」

「分かった、見せる。でも、ユメから教えて貰ったってことは内緒にしてね。絶対」

「勿論です。夢香さんも俺のことは内緒でお願いします」

一応釘《くぎ》を刺してはおいたが、夢香が他言無用を厳守する必要は無い。

他言する話がなくなるからだ。

「じゃあ、これ。面倒だからあんたの端末機《T・C》で画面の写真撮って。絶対にネットとかに書き込まないでよ」

夢香は何度も念を押し、端末機《T・C》の画面をずいと桐也の前に突き出した。

真っ先に思ったのは、「気持ちの悪い顔だな」だった。

夢香が言ったとおり免許証には痩《や》せこけた清潔感の無い男の顔が載っている。目元にいやらしい笑みが滲んでいるのが特に不気味だ。

男の名前は廣世《ひろせ》太希《たいき》。年齢は二十九歳。住所は札幌市北区篠路《しのろ》。

――やっと辿り着いた。この男こそ放火魔。姉さんを毛無しにした羊飼い。

「ありがとうございます。これで犯人を追うことができます」

桐也は自身の端末機《T・C》で口元を隠し、目を細めた。

まるで悪魔のような冷笑だったが夢香は気づいていなかった。自分自身が晒《さら》されている危険に怯《おび》えまわりが見えなくなっている。

「それじゃ、俺はこれで。また何かあればお話を伺うかと思いますので」

桐也は徐《おもむろ》に立ち上がると、テーブルに置いてあった煙草のケースに追加の三万円をねじ込んだ。

「なにこの三万円。くれるの？」

「ええまあ、とっておいてください。……じゃ、俺はこれで」

「えっ、随分あっさりじゃない？　話聞いたらハイサヨナラーってわけ？」

「一人で食事は寂しいですか？　大丈夫です、俺の知り合いが話し相手になりますから。明るくて楽しいやつですよ」

「知り合いって急すぎるんですけど。なに、どういうこと。ユメわかんない」

「まあまあ。……それじゃあ、ごゆっくり」

喚《わめ》いている夢香をよそに、桐也は出番を終えた役者のような潔さで席から離れていった。夢香の声があまりにも煩《うるさ》いため周囲の客に不審がられるかとも思ったが、そこはさすがすすきののファストフード店。夜の女が男の背中に対して金切り声を投げているなど日常茶飯事なのか、誰一人として反応していない。

桐也が席を離れるが早いか、窓際のカウンター席に座っていた一人の男がサッと夢香の対面に腰掛ける。桐也よりも一回り若い、子犬のような茶髪の青年だ。人なつっこい笑顔が否応《いやおう》なく人の好感を得た。

夢香は困惑しているようだ。無理も無い。

茶髪の男はタケという愛称で知られる、桐也の知人だ。弟分に近いかもしれない。

桐也は気だるげに階段を降りながら、先ほどメッセージアプリでやり取りしていた内容を見返していた。会話の相手はタケだ。

——タケ、三十分後にすすマこれるか。

——小遣い稼ぎの依頼だ。

——行けるっす！

——内容教えてください！

——女の記憶を五分ほど消して欲しい。

——報酬は三万円。

——どうだ。

――絶対やるっす！
――じゃあ店で待機してますんで！

――テーブルに煙草のケースが置いてある。
――その中に金が入ってるから、女の記憶を消した後三万持ってけ。
――全部持って行くなよ。

――残りの金はなんすか？

――情報料だ。

――律儀っすね、桐也兄さん。
――相手は情報渡したことなんて覚えてないのに。
――まっ、期待の新人マニピュレーター、タケの実力、見せてやりますよ。

桐也は端末機《T・C》を懐にしまい、自動ドアを抜けてすすきの交差点へ出た。
肌を刺すような冷気だ。雪が降っているというのに交差点には既にキャッチが待機しており、厚手のダウンコートと手袋を装備して元気に声を出していた。体の前と後ろにラミネート加工されたメニュー表を貼《は》り付けているのが何とも哀れだ。今のご時世、ラミネート加工の広告など誰の目を引けるというのか。

ふと、キャッチの一人と目が合った。

だが桐也は声をかけられるより先に背を向け、すすきのではなく大通公園に向かって歩き出した。

普段濁っている目には、今日ばかりははっきりとした意思と光が湛《たた》えられていた。

□

もう日が落ちようとしている。午後四時ともなれば当然か。

桐也は今日一日自宅から出ること無くずっと端末機《T・C》の画面と向き合っていた。何かを調べるわけでもなく、ネットサーフィンをするわけでもなく、届くはずのメッセージをひたすら待ち続けている。

部屋の中は薄暗い。この時期はすぐに暗くなるため、そろそろ灯《あか》りをつけないと部屋はすぐ暗《くら》闇《やみ》の中に落ちるだろう。

だが桐也は椅子に腰掛けたまま微動だにしない。

斜め前の席ではヨウが例によって映画を観ている。銃声や爆発音が絶えないので、恐らくはアクション映画だ。見た目に反してヨウの映画の趣味は大分アグレッシブだった。

夢香から放火魔の個人情報を得たのが昨日。

桐也は今まで調査した内容と放火魔――廣世太希の情報を羊協に送信し、賞金首登録の申請を行った。桐也が今日一日端末機《T・C》と向き合っているのは許諾メッセージが届くのを待っているからだ。

経験上、放火魔の賞金首登録はまず間違いなく通る。

賞金首として登録されれば合法的に放火魔を殺害することが可能だ。殺人事件として処理されることもないし、仮に一般市民に現場を見られたとしても羊協専属マニピュレーターが後始末をしてくれる。アタッカーの羊飼いはただ賞金首を殺すだけで良い。

――ようやく、復讐《ふくしゅう》できる。だから、早く。殺す許可を。

「桐也、怖い顔してる。……昨日からずっと怖い顔」

映画を観ていたはずのヨウはタブレットを持ったままじっと桐也を見つめている。画面では主人公らしき男が女を連れて脱出しているシーンが流れていたが、ヨウは見向きもしない。

ヨウの目は相変わらず深淵《しんえん》のような黒さだった。

見つめられると心の中がざわつく。お前は孤独だ、と言われているかのようで。

「何だ、映画飽きたのか」

「あんまり面白くない、この映画」

「何の映画だよそれ」

「分からない。サメが出てくる映画。サメの頭が増える」

「お前にその映画はまだ早い。大人しくオススメから選べ」

「サメの映画、そのうち面白いって思えるようになる?」

「どうだろうな。コーヒーやビールと一緒だ。そのつまらなさを面白いと思うようになるかどうか。お前は……当分先のことだろうな」

「よく分からないけど、とりあえずこの映画はもう見ないと思う」

と言いつつヨウはタブレットに視線を戻した。一応最後まで観るつもりらしい。

ヨウに話しかけられ、桐也は自分がいかに殺気立っていたのかを理解した。

テーブルに置いてある灰皿には大量の煙草が詰め込まれている。確実に肺が黒くなっているのだろう。

——若くして肺がんになったら、姉さんの面倒を見れなくなるな。

桐也はふとそんなことを思い、自嘲気味に笑った。

「お前、もし俺が死んだらどうする」

ガタン、と音がした。ヨウが椅子から腰を浮かせた音だ。

真っ黒な瞳《ひとみ》には確かな動揺と不安が滲んでいる。桐也を失うということに対する恐れが。

「死ぬ? 桐也が? どうしてそんなこと言うの。死なないで」

「もしもの話だ。お前はどうする? 別の羊飼いを探すか?」

「ヨウも死ぬ。だって桐也がいなかったらヨウもいらないから」

「つくづく重いよな、お前」

ヨウは小動物を思わせる仕草で小首を傾げた。

「重い？　太っちゃった？　太ったらダイエットしなきゃダメなんだって」

「そういう意味の重いじゃない。どっちかって言うとお前は痩せすぎだろ。もうちょっと食って──あいや、食ってるのか。食ってるな。お前のせいで食費が結構キツい」

「すぐお腹《なか》減っちゃう。育ち盛りだから」

「あー、はいはい。二歳児二歳児」

茶化したものの、ヨウは恐らく本当に二歳児だ。育ち盛りというのも嘘ではないだろう。

ヨウの寿命という問題を考えると頭が痛くなる。二年でここまで大きくなった人間はこの先何歳まで生きるのか。

──ヨウは、先に死んでしまうのだろうか。

「俺も大概、重い男だよなあ」

「桐也も食べ過ぎ？」

「いや、そうじゃない。──なあヨウ。お前に話したことなかったよな、俺に姉がいるって」

「お姉ちゃん？　うん、聞いたこと無い」

タブレットをスリープモードにし、ヨウは体ごと桐也に向き直った。大事な話だと判断したのだろう。社会性がない癖に場の雰囲気を敏感に読み取るのがヨウという生き物だ。

「ほとんど母親みたいな姉だった。五歳離れてたし、小さい頃から二人で暮らしてたからな。お前に顔が似てる、綺麗《きれい》な人だった」

「そうなんだ」

「珍しいな。ヤキモチ焼かないのか」

「ヤキモチ？　食べ物？」

「違う。お前、俺が女の話すると不機嫌になるだろ」

「うん。何か胸がモヤモヤしちゃう。でもお姉ちゃんの話はモヤモヤしない。きっと、桐也の大事な人の話だからだと思う」

「何なんだよその基準。――まあ、いいか」

　ふと、手が煙草の箱に伸びる。感情をごまかそうとするとき桐也はいつだって煙草に頼るからだ。

　だが煙草を手にすることは無く、代わりに端末機《T・C》をスリープモードにした。

「姉さんは多分もう目を覚まさない。死んだも同然だ。俺が撃った。俺が撃ったせいで姉さんは動かなくなった」

「どうして撃ったの。嫌いになったの？」

「嫌いになるわけがない。俺にとって唯一の家族だぞ」

「なら、どうして」

「発狂した。羊になって、毛無しにされて、人混みの中で包丁を振り回した。だから撃った。本当は脚を狙ったのに、どうしてか弾は、姉さんが動いて、屈《かが》んで、それで頭に……」

「桐也、顔が真っ青だよ。寒いの？」

両手がガタガタと震えている。

二年前のことを思い出してパニックになるのは今に始まったことじゃない。

ヨウが転がり込んでくるまで度々フラッシュバックに苛《さいな》まれることがあった。そのたびに酒を飲んだ。精神安定剤を飲んでいたこともあったし、夜は睡眠薬に頼ることが多かった。

――まだ、女と一緒に居る方が良い。一人だと精神が二年前に戻ってしまう。

「俺は、怖い。羊を側に置いておくのが怖い。どうでもいい女達を羊にして、とにかく増やして、羊を毛無しにする恐怖から目を背けてる。でも俺は羊飼いだ。いずれは羊に殺されるかもしれない」

「ヨウがいるから大丈夫。ヨウは毛無しにならない。本当だよ。だからヨウを羊にして。そうすれば怖くない」

「ああ、そうなんだろうな。お前はきっとどれだけ能力を使っても発狂しない理想の羊なんだろうさ。それでも俺はお前を羊にしたくない」

「どうして？　一緒に居るのが嫌だから？」

「もう理由も分からない。何でなんだろうな」

――いや、理由は分かってる。姉に似ているからだ。羊にされた姉を思い出すから。放火魔と同じになりたくないから。羊飼いとして大勢の羊を保有している時点で、放火魔と同類だというのに。

「何の話してんだ俺は。忘れろ。んでもってそのサメ映画観てろ。それ、サメ映画の中ではまあまあ名作の方だぞ」

「桐也、すぐそうやって話を終わらせちゃう」

「お前と話してると疲れるんだよ。お前はもうちょっと家族向け映画を観て常識を学べ。何でヤキモチが分からないのに銃の名前はポンポン言えるんだよ。アクションばっかり見過ぎだ」

「桐也の銃はグロック17」

「ああそうだよ、悪いか」

「悪くない。桐也が使ってる銃だから、ヨウも好き」

「そりゃどーも。多分俺よりお前の方が銃に詳しいだろうよ」

褒《ほ》められたと思っているのかヨウは得意げな顔をした。皮肉という高度なコミュニケーションはまだ理解できないようだ。

そうこうしている内に外は随分暗くなってしまった。この時期は四時半でもすっかり暗い。

桐也は溜息交じりに立ち上がり、壁際にある灯りのスイッチを押した。

刹那《せつな》。

「桐也、てーしーが光ったよ」

——端末機《T・C》が光った。つまり、羊協から連絡が来たのだ。

桐也は血相を変えてテーブルに駆け戻り、端末機《T・C》を乱暴に摑《つか》み上げる。

やはりメッセージが一通届いている。差出人は羊飼厚生保全協会——羊協だ。

今から篠路に行く準備は出来ている。

あとは羊協からの承認を確認するのみ――だった、のに。

「どういうことだよ。……非承認？　なん、で」

桐也は何度も何度もメッセージの内容を確認した。だが何回見ても変わらない。羊協からの答えは〝ノー〟だ。

賞金首申請は非承認。放火魔、廣世太希を殺すことは許可されなかった。

「ふざけてんのか。相手は一般人も殺してる殺人鬼だぞ。何だよ例外的事由って。間違って申請したのか、俺」

桐也は珍しく目一杯の焦燥を滲ませている。ヨウが不安がるほどに。

例外的事由により、該当羊飼いの賞金首登録は承認出来ません――それが羊協からの返答だ。

羊協は人殺しを野放しにするつもりなのだろうか。

「何だ。電話……？」

見覚えの無い番号から電話がかかってきた。

端末機《T・C》からの着信だ。羊協の番号じゃ無い。

――誰だ。

纏や伊織ならば番号を登録しているので名前が表示されるはず。

羊飼いとして協力関係にあるチャッターやマニピュレーターはまず桐也の番号を知らない。

「ヨウ、大人しく映画観てろ。俺はちょっと寝室で電話する。邪魔するな」

タブレットを両手で持っているヨウは、不安げに眉を顰めたまま小さく頷いたようだった。

□

「どうして俺の電話番号を知ってるんですかね——布垣課長」

電話の向こう側で布垣浩一郎はバツの悪そうな呻《うな》り声を漏らした。お偉方がお茶を濁す時のやり口だ。

『隠し事はよしておくとしよう。君とは腹を割って話したい。……君の番号は調べさせて貰った。羊対課課長は羊協に対してもそれなりの権力を持つからね』

「羊協のデータベースから俺の個人情報を調べた、と。随分熱烈ですね。あなたに熱い視線を向けられるようなことをした覚えはありませんが」

桐也の声は、語尾が僅かに震えていた。

——動揺を見せてはならない。何も知らない素振りをしなければ。

『単刀直入に言おう。たった今、君の元にはメッセージが一通届いただろう。羊協からのメッセージだ。内容は賞金首申請の非承認通知。違うかな』

「あなたが、裏で手を回していたんですか」

『ああいやそうじゃない。勘違いしないでくれたまえ。私はただ事情を知っているだけだ。だからこそ君が今どのような思いでいるのかも理解している。理解した上で、こうして電話をした次第だ。とりあえず、話を聞いてはくれないかな』

「分かりました。話して下さい」

ぞっとするほど低い声だった。

桐也は今、かつてないほどに殺気立っている。ヨウが近くにいれば不安げな顔をしていたことだろう。

『君が突き止めた廣世太希。彼はとある理由によって羊協から保護されている。ああ、先に断っておくが理由は知らない。我々羊対課は廣世の警備を任されているだけだ。あのような殺人鬼を保護するなど羊協は何を考えているのか』

「羊対課が警備？　どういうことです。廣世は大した能力者でもない。保護するような人間じゃないはずだ」

『羊協にも色々と事情があるのだろう。羊協からの依頼を蹴《け》ることは出来ない』

「なるほど。賞金首申請をした俺は羊協にマークされてるってことですか」

『当たらずといえども遠からず、といったところかな。君が賞金首申請をしたからこそ、羊対課が見張りについていると言ってもいい。我々は君の襲撃に備えているというわけだ』

「俺みたいなB＋ランクの羊飼い一人に羊対課が動くなんてね。高く評価してもらっているみたいで何よりですよ」

強がってはみたものの、桐也は内心で焦りを抱いていた。

――羊対課が廣世を守っている。最悪の事態だ。考えすら及ばなかった。

賞金首申請が通らなくても、桐也は放火魔を殺すつもりでいた。たとえ殺人犯として追われようとも。放火魔を殺すためだけに生きてきたのだから。

だが警察が動いているとなると――。

『斗一君。今一度聞こう。君はこの状況でどうするつもりかね？　廣世を見逃すか？　それとも』

「殺しますよ。賞金首申請が通らなくても」

『遠慮のない青年だな。私は警察の人間だというのに。いや、いい。君はそう言うだろうと思っていた。だからこそこうして連絡している』

「どういう意味ですか。止めようとしているのなら無駄です」

『分かっている。君は一度やると決めたら絶対にやる性格だ。前に会ったとき目を見てそう確信したよ。いいかね、斗一君。私は取引を持ちかけている。だからそう殺気立つのはやめて話を聞いて欲しい』

「取引？」

布垣は軽く咳払《せきばら》いしたようだった。「ここから先は内密の話だが」と言わんばかりの、態《わざ》とらしい咳払いだ。

『以前にも言ったが他人事《ひとごと》とは思えないのだよ。君のお姉さん――斗一流音の一件がね。私はいつも凶悪な羊飼いに怯え、毛無しにされる羊を見る度竦《すく》み上《あ》がっている。廣世太希は私が恐れる羊飼いそのものだ。徒《いたずら》に羊を増やし、消費し、能力でもって一般人を殺す。のさばらせて良い存在ではない』

「何が、言いたいんです」

『もし僅かな間警備の警察官が全員外れたとしたら……君はどうする？』

「待って下さい、課長。あなたは俺に廣世を殺せ、と言っているんですか」

『そう受け取って貰っても構わない。私は警備に当たっている警察官全員に命令を下せる立場にある。私が外れろと命令すれば皆廣世の家から離れることだろう。そうなれば廣世は丸裸だ。何も知らず安心しきった様子で自宅にいるとも』

「廣世の家族は」

『一人暮らしだ。母親と二人暮らしだったようだが、母親は二年前に他界している。パート先で事故に巻き込まれたと聞いているよ』

　二年前。ちょうど放火魔が活動を開始した時期だ。

『無関係な人間を巻き込む心配はないよ。一般人に姿を見られる危険もね。……どうだろうか』

「警備がいなくなっている間に廣世を殺せというわけですね。でも、どうしてですか。あなたが俺に協力する理由が分からない」

『私は斗一流音の事件をよく覚えている。本当に恐ろしかった。発狂して大路で包丁を振り回す彼女が恐ろしく思えてならなかった。同時に、哀れだとも思った。私は羊飼いではないが、もし羊飼いになるのなら二年前の事件が能力の根幹になるだろう』

「トラウマになっている、と」

『そういうことだ。私は君の気持ちが痛い程理解できる。君の憎悪も、殺意も。廣世を殺したいと思うのは当然のことだ。いや、殺すべきだ。廣世はこの世にいて良い存在じゃない』

「取引とは、なんです。無条件で警備を外してくれるわけじゃないんですよね」

『そのことなんだが……』

布垣は押し黙った。

余程口に出しづらい条件なのだろうか。羊対課課長権限で警備を外すなど綱渡りにも程がある。対価が大きいのは当然だ。

桐也はチラと横目で居間の方を見た。

壁越しにサメ映画の安っぽい吹き替えが聞こえてくる。いかにもつまらなそうだ。ヨウが〝B級映画の美学〟を覚えるのはいつのことになるのか。

『うむ、ハッキリ言おう。躊躇っていても仕方がない』

再び咳払いをしたのち、布垣は一回り低い声を出した。

『斗一君。……君が今電気羊《エレキラム》を保護しているのは知っている。その電気羊《エレキラム》を引き渡してはくれないか』

「な――」

なぜ。

そう口にしたかった。だが喉《のど》が上手《うま》く動かず、声を発することが叶《かな》わなかった。

――布垣はなぜヨウのことを知っている。どこから漏れた。いつバレた。

『君が電気羊《エレキラム》を隠していたことは遺憾だが……保護してくれなければ電気羊《エレキラム》がカミマチに渡って

いた可能性もあった。その最悪の事態は避けられたのだ、君の嘘はこの際不問にしよう。むしろ保護してくれたことに感謝する』

「待って、ください。……どうして」

『なぜ知っているのか、かね？　羊協から派遣されている羊飼いは随分優秀でね。数日前に電気羊《エレキラム》の居場所を突き止めてくれた。本人は虫の知らせだなどと言って謙遜《けんそん》していたが……何らかの能力を用いたのだろうね。さすがは羊協専属の羊飼いだ』

――伊織だ。

虫の知らせは比喩《ひゆ》でもなんでもない。伊織は虫を使って場所を突き止めたのだろう。

数日前に喫茶店で話をしたときからやはり疑われていたのだ。友人と言えど相手は羊協専属の羊飼い。仕事に手を抜くような連中ではない。

「ヨウ……いや、電気羊《エレキラム》を引き渡せば、警備を外してくれると」

『む、名前をつけてしまったのか。マズいな。念のため聞くが、当然刻印行動は終えているだろう？』

「羊にしたかどうか、という質問であるのなら答えはノーです。羊にはしてない」

『羊にしていない？　どういうことかね。電気羊《エレキラム》は初めて目にした人間の羊になることを望むはずだ。懇願されはしなかったか？』

「断ってる。この先も羊にする気は無い。……布垣課長、俺はその」

『いや、いい。皆まで言わないでくれたまえ。そうか、君は電気羊《エレキラム》を一人の人間として見てしまっているのか。数日間一緒に過ごして愛着を抱いてしまっている。そうだろう』

――否定できない。

ヨウを引き渡せと言われたとき、桐也は胸の奥が凍り付くような感覚に襲われた。初めて会ったあの日なら迷わず「イエス」と答えただろうに。

――ずっと側に置いておくわけにはいかない。ヨウは人間ではなく、電気羊《エレキラム》なのだから。幸いまだ羊にもしていない。だから元いた場所に帰るのが良い。電気羊《エレキラム》として、真っ当な人生を――。

「布垣課長。……もし俺が電気羊《エレキラム》を羊にしていたら、どうなっていたんですか」

『どうなっていたとは？』

「契約を無理矢理に切ることなんて可能なんですか。俺の羊になってしまえば、あなた達に引き渡したところでもう使い道はないはず。一生俺の羊のままだ。それとも羊協では契約を切ることの出来る羊飼いがいるとでも？」

『そのような能力者がいるという話も聞いたことがあるが……ふむ。君が聞きたいのはそういうことではなさそうだな。正直に言おう。もし君が電気羊《エレキラム》と契約していれば、電気羊《エレキラム》は処分ということになっていた』

「つまり」

『廃棄だ』

桐也は無意識のうちに唇を強く噛《か》んでいた。血が滲む程。

――殺す。ヨウを。

羊協と羊対課は電気羊《エレキラム》をモノとして見ている。だから当然のように廃棄処分などと言う。

いや、おかしくなってしまったのは桐也の方だ。

電気羊《エレキラム》は備品だ。備品であるべきだった。

なのに桐也がヨウを人間にした。

映画を見せて社会を学ばせ、色々なものを食べさせて嗜好《しこう》を探り、料理という人間らしい行動を教え、感情の表し方を練習させた。

全ては桐也の責任だ。

電気羊《エレキラム》を人間にしてはならない。電気羊《エレキラム》を人間と思ってはならない。

——分かっていたのに。

『羊にしていないのなら廃棄処分にはしない。君が保護している電気羊《エレキラム》は一旦《いったん》記憶を消去し、初期化する。その後に再び出荷され、然《しか》るべき羊飼いと契約し、柵《さく》の中に入れて電気羊《エレキラム》としての責務を全うしてもらう』

「記憶を、消す……」

『今は君のことを主人だと認識している状態だろうからね。その刷り込みを取り払わなければ』

「他の羊飼いと契約させて、その後はずっと閉じ込めておくんですか。モノみたいに」

『いいかね斗一君、君は同情しているだけだ。電気羊《エレキラム》は間違いなくモノなのだよ。毛無しになることのない羊協の備品だ』

「でも、あの電気羊《エレキラム》は少なくとも人間と同じ姿をしてる。感情だって持ち合わせてる。それを一生閉じ込めておくなんて」

『人間の姿を模してはいるが、致し方なくそういう姿になっただけのこと。君だって、身につけているだけで無制限に能力が使える備品があれば使うだろう？　そういうことだ。感情を抑制され、人工的に成長させられたモノを人間とは呼ばないよ』

――その通り。ヨウは人間ではない。性別すら曖昧《あいまい》な、人間を模しただけの何か。分かっている。分かってはいるのに。

『それに、電気羊《エレキラム》を人間として扱っているようだが、それがどれだけ危険な行為か分かっているかね？　電気羊《エレキラム》がなぜ感情を抑制されているのか。君ならば当然理解できるだろう』

「毛無しにさせないため、でしょう」

『そうだ。感情がないからこそ毛無しにならない。だが、感情が育ってしまえば？　電気羊《エレキラム》が感情を持った場合どんなことが起きるか、羊協は想像すらつかないと言っている。普通の羊が発狂するより恐ろしいことが起きるかもしれない』

桐也は何か口にしようとしたが、言葉が喉に引っかかって出てこなかった。

――ヨウが感情を持つことで生じる弊害……ただの毛無しよりも恐ろしい事態。大路で包丁を振り回した姉よりも酷い状況などあるのか。あるのだとすれば、それは最も恐れるべきことだ。

『電気羊《エレキラム》にとって何が一番幸せなのかをよく考えてみなさい。一生牢獄《ろうごく》に幽閉されている囚人が世界中の景色を見せられて果たして幸せなのか？　食用の家畜が、ペットとして愛されている動物の姿を見せられて幸福なのか？　知らなければ良いことだってあるとも。そうだろう』

「記憶を消され、電気羊《エレキラム》として生きていくことがヨウの幸せだと」

『まあ、そういうことになる。認めがたいかもしれないが』

「いや、きっとそうなんでしょうね。俺は間違ってる。俺はただ、ヨウに姉さんの姿を重ねて……」

桐也は膝《ひざ》の上でぐっと拳《こぶし》を握った。

〝分かりました〟と言ってしまえば容易《たやす》い。そうすれば放火魔も殺せるし、厄介事からも解放される。一石二鳥だ。願ってても無いことである。

――なのに、言えない。躊躇っている自分がいる。馬鹿馬鹿しいと分かっていながら。

「布垣課長。少しだけ……時間を貰えませんか。ヨウと話がしたい」

深い溜息が電話口から漏れ聞こえた。

同情と呆れを含んだ溜息だ。

『仕方あるまい。だがこちらとしてもあまり時間がなくてね。今は……五時前か。ならばこうしよう。七時になったら君の家に行く。七時までに答えを出してくれたまえ』

「もし答えがノーだったら、どうするつもりですか。力尽くでも連れて行くと?」

『そんなことはしない。それでは取引の意味がなくなる。……廣世宅の警備は外さない。羊対課は電気羊《エレキラム》の一件から手を引く。だが羊協は引き続き捜索に当たるだろう。君は今後電気羊《エレキラム》という爆弾を抱え、羊協から逃げ回る生活を送ることになる』

「羊協に、報告しないんですか」

『しない。私は……こんなことを言うと怒られるかもしれないが、君を息子を見るような目で見ている。だから君が電気羊《エレキラム》を抱えてどう生きていくのか、ただ眺めさせてもらう』

――本当、だろうか。疑っても仕方が無いが。

「あなたは羊対課の課長です。俺みたいなクズを息子扱いしない方が良い。あなたにはもっと立派な子供がいるでしょう」

『ハハハ。息子はいるが、君の方が立派かもしれない。どうにも甘やかしてしまったみたいでね。父親失格かな』

「父親なだけマシです。俺の父親は俺を捨てて家を出て行ったんで」

『私は妻が家を出て行ったよ。息子が病魔におかされたのは、私が妻を引き留めなかったからだ。引き留めていれば妻は死ななかった。私はその責任を……いや、この話はやめよう。いいかね斗一君。七時だ。あと二時間。よく考えてくれたまえ』

桐也は再び居間の方へ視線をやった。

ちょうど映画が終わったのか、下手くそな歌が漏れ聞こえてくる。ヨウが一緒に口ずさんでいるようだ。

――答えは、とうに出ている。あとは決断するだけ。一週間の白昼夢から目覚める時がきた。

ヨウが押しかけてきたあの日下せなかった決断を、今日するだけ。何の問題も無い。

「わかり、ました。では二時間後。お待ちしています」

布垣は静かに「うん」とだけ答えて通話を切った。

無機質な電子音が桐也の耳朶《じだ》に響いている。

桐也は端末機《T・C》をポケットにしまうと、深い溜息を漏らしたのちベッドから腰を上げた。

□

「さっきの映画良く分からなかった。最後サメが爆発して終わったんだけど——桐也？」

顔を綻《ほころ》ばせてB級映画の感想を述べたヨウは、桐也の表情を見るが早いか眉尻を下げた。電源が落ちた人形のような変わり様だ。桐也が重く冷たい空気を纏《まと》っていると感じたのだろう。

桐也は居間の椅子に再び腰を落とし、何も言わずに煙草を一本口にする。麻酔をかけるかのように。

一体何に麻酔をかけたいのか——痛み。孤独。あるいは弱さか。

「どうしたの。顔が怖い」

ヨウは手にしていたタブレットをテーブルに置き、浮かせていた腰を椅子へと落とす。不安げに眉尻を下げている様はやはり捨てられた犬のようで何度見ても慣れない。

煙が、空間に流れていった。

——言わなければ。

時計の針は残酷にも進んでいく。

「ヨウ……自分が人間じゃないって自覚あるか」

ヨウは小首を傾げた。

よく分かっていない様子だった。

「人間じゃ、ない……。ヨウは人間じゃないの？」

「お前は羊になるために作られた、言わば人工の羊。電気羊《エレキラム》と呼ぶんだそうだ。無理矢理に成長させられ、感情を削り取られ、羊飼いのために生きることを強制されてる」

「良く分からないけど、ヨウは桐也のために存在してるよ。桐也は羊飼いだから、確かに羊飼いのために生きてるのかも。……それが、どうかした？」

「俺と一緒に居るべきじゃない」

ヨウの顔色が変わった。

あの時と同じだ。数日前、ヨウを一人にしてしまったあの時。

留守番ということをまだ覚えていなかったヨウは、捨てられたのだと勘違いして部屋の中を荒らし回った。

主人《きりや》を見つけた時の憔悴《しょうすい》しきったあの顔。今のヨウは、あの時と同じ顔をしている。

「それって、つまり……ヨウを捨てちゃうってこと？」

「捨てるんじゃない。元いた場所に返すんだ」

「やだ。嫌だよ。ねえ桐也、そんなの」

「とりあえず聞いてくれ。いいか、お前が俺を主人だと思ってるのは、最初に俺のことを見てしまったからだ。そうだろ？　お前はブルーシートの隙間《すきま》から俺を見た。でもそれは手違いだったんだ。俺は本来の主人じゃない」

「そんなの知らない。だって、だって桐也がヨウの羊飼いだもん。そう決まってる。そうなってる。それ以外あり得ないよ」

「記憶を消せばお前は正しい主人の羊になれる。俺のことは綺麗さっぱり忘れてな」

「嫌。忘れたくない。絶対忘れない。どうして？　ヨウが邪魔になったの？　ヨウがいると桐也は困るの？」

今まで何度も、こういった面倒事に巻き込まれてきた。

しつこい女達が嘘くさい涙を流して、化粧をぐしゃぐしゃにして、どうしてと何度も問いかける。だが何を言ったって女達は納得しない。「私を捨てないで」とヒステリックに叫ぶばかりだ。

桐也は一度だって情けをかけたことはなかった。猿のような声をあげる女達を無慈悲に突き飛ばし、切り捨てていった。

ヨウも同様に切り捨ててしまえばいい。

お前の存在が邪魔になったとハッキリ言えば良いのだ。

何も違わない。今までの羊たちと何一つ変わらない。

――変わらないはずだった。

「俺はお前を人間として扱ってしまう。どうやってもモノとして扱えない。それに、お前がここに居る以上俺は羊協から狙われる。お前は羊協の大事な大事な備品だからだ」

「桐也が、狙われる……ヨウのせいで？」

「ああ。お前を匿《かくま》っていることがバレた。もう一緒にはいられない」

「ヨウを羊にしちゃえば……」

「羊にしたところで俺もお前も消されるだけだ。二人とも生き残るには、お前を羊協に返す選択肢以外にない」

「ヨウはようきょうに戻って、桐也のこと忘れちゃうの」

煙草の灰がテーブルの上に落ちた。まるで血の雫《しずく》か、あるいは涙のように。

再び孤独になる。桐也にとってあまりに重たい選択だ。

子供のように泣きわめいて「嫌だ」と言えたなら良かった。だが桐也は大人であり、羊飼いだ。札幌という檻《おり》に囚《とら》われた囚人。羊協に首輪をつけられた犬でしかない。

故に、最初から選択肢などなかった。

あとはどれだけ心をごまかせるか。

煙草という麻酔だけでは足りないかもしれないが。

「お前は俺のことをすっかり忘れて、電気羊《エレキラム》として生きる。それがお前の正しい人生だ。多分な」

「映画は？　マメパンは？　お料理は？　お出かけは？　桐也に教えて貰ったいっぱいのこと、全部忘れるの？　何も知らなかった時に戻っちゃうの？」

「そうだ」

「そんなの、嫌だよ。ヨウは忘れたくないよ。ねえ桐也、どうしたらいいの。どうしたら一緒にいられるの。どうしたら桐也が危ない目に遭わなくなるの。ヨウ、じょーしきが無いから、だから分からない。でも桐也ならきっと分かる」

「俺も分からない。いや、そんな選択肢は無い。これはもう決まったことだ。二時間後お前を羊協に引き渡す。だから……だから、最後に観たい映画でも観とけ」

ヨウは何かを口にしようとしたが、呑み込んだ。痛みを我慢するような顔で。

「嫌だ」と駄々を捏《こ》ねた結果桐也が困るということに気づいているのだろう。喚くだけの女達よりもずっと立派だ。

だが、ヨウは決して首を縦には振らなかった。

ヨウにも譲れないものがある。

主人と別れること。それはヨウの存在意義をそのまま否定することと同義だ。

「桐也、正直に話してほしい……どうしていきなりヨウを捨てようと思ったの？　今の電話、誰からだったの」

「警察だ」

煙草の煙を吐き出し、桐也は観念したように眉を顰めた。

「姉さんを羊にした羊飼い……そいつに復讐したいのなら電気羊《エレキラム》を引き渡せ、そう言われた。お前がここにいる以上羊協に狙われるっていうのも事実だ」

「やっぱり、ヨウが邪魔になったんだね」

「一番の理由はそこじゃない。本当に……本当に一瞬だが、俺は復讐も諦《あきら》めてお前を連れて逃げるという選択肢も考えた」

「ならどうして」

「俺はお前という存在に責任を持てない。要するに、怖いんだ」

「――怖い？」

吸いかけの煙草を、灰皿に押し付けた。自分の本心ごと押しつぶすかのように。

「姉さんと同じ顔のお前に依存しかけてる俺が。姉さんと同じ顔のお前が、発狂するかもしれない未来が。一人じゃなくなるという事実が。――俺は二年前に何もかもを捨てて、半分死んだ身として生きてきた。それなのに、お前がいると」

「思い出して、しまう？」

「ああ」

目線を合わせず、伏し目がちにテーブルを見やるヨウはどこまでも流音に似ていた。

羊にされていた頃の、少しだけ病的な流音に。

「俺は一人で良い。一晩限りの女を羊にして、賞金首を殺して、羊協から金を貰って、何の目的もないまま生きていく。放火魔を殺せば俺は完全な死人になるだろうさ。生きてる死人だ」

「桐也は、それでいいの。そうしたいの？」

ヨウの真っ黒な瞳を見ることが出来なかった。

桐也はヨウが視線を向けたタイミングで目を逸《そ》らし、意味も無く二本目の煙草に火をつける。

煙草は、酷く不味《まず》かった。

「それでいい。それ以外に生きていく方法がない。お前と同じだ。お前は羊飼いに囚われ、俺は過去に囚われてる。何も変わらない。なら、俺の言いたいことも少しは分かってくれるだろ？」

「ヨウはぶるーしとの隙間から桐也を見つけた。桐也は、誰かを見つけられないの」

――お前が、その誰かだったら良かったのに。

桐也はそう言いかけたが口を閉ざした。言葉にしてしまえば全てが崩れると分かっていたからだ。

だから、ただ頭《かぶり》を振った。

自身とヨウに嘘をつくために。

「見つけられない。誰もいない。だから、お前とはこれでおしまいだ」

返答は無かった。

桐也は目を逸らしているが、ヨウが真っ直ぐ見つめてきていることは分かった。視界の端に真っ黒な瞳がチラついている。

――見つめられたくない。ずっと怖いと思っていた。

感情の読み取れない目が怖いのではなく、全てを見透かすような視線が怖いのだ。

父親に捨てられた時から前に進んでいない自分が。

母親が死んだときから前に進んでいない自分が。

姉を撃った銃を手にしたままへたり込んでいる自分が。

全てさらけ出されてしまいそうで。

「ヨウが元の場所に戻ったら、桐也は安全なんだね」

ふっと場の空気が変わった気がした。

ヨウは不器用に笑みを浮かべている。映画を見て覚えたのかは分からないが、とにかく無理矢理感が拭《ぬぐ》えない笑みだ。引きつっているようにすら思える。

「桐也が無事なら、それが一番いい。困らせたくない。ヨウは桐也のためにある存在だから。ヨウがいなくなることで桐也が困らなくなるなら、ヨウは消える。そうすべきだと思う」

「俺を恨むか。……いや、恨んでるだろうな」

「ううん、恨んでない。桐也のことは好き。ヨウを見つけてくれた人。ヨウの全て。ヨウって名前をくれた人。ありがとう」

ヨウはふいに自分の胸元にあるペンダントを両手で握った。

流音の残したもの。木で出来た羽のペンダントだ。

「最後にひとつだけ、わがまま。……ダメ？」

「何だ」

「これ、欲しい。ヨウがヨウだった証《あかし》として」

良いわけがない。羽のペンダントは大事なものだ。二年間大事に仕舞い続けていたもの。流音が目を覚ましたら渡そうと大事に持っていたものだ。

だが、きっと流音は目を覚まさない。

この先ずっと。

「分かった。お前にやる」

羊協で記憶を消去される時ペンダントも処分されるのだろう。分かりきっていることだ。だというのに桐也はヨウにペンダントを譲った。

何もかも清算してしまいたいのだろうか。

いつも部屋のモノを捨ててしまうのと同じように、身の回りのものを整理して、綺麗にして——どう、したいのか。

札幌から逃げる方法など一つしかない。

それは札幌から逃げるのと同時に、この世界からも逃げることになるのだろうが。

「お前が思いのほか聞き分けが良くて助かった。あと二時間、お気に入りの映画でも観てろ」

ヨウは頷いた。

黒い瞳がタブレットへと落ちる。一週間散々映画を見続けてきたタブレットへ。

ヨウが最後に選んだ映画は、殺し屋が身寄りの無い少女を拾う映画だ。主役を務めるフランス人俳優が渋くて格好いい映画である。三日前、映画館でリメイク作が上映されていることを知った。

桐也はその映画のラストを思い出し、「あんたは幸せだな」と内心で呟いた。主人公の殺し屋に向けてだ。

その映画を観る気になれず、桐也は灰皿と煙草の箱を持って台所側に移動した。タブレットから漏れ聞こえる音量は随分と小さかった。

□

「賢い選択をしてくれて何よりだよ、斗一君」

数日ぶりに見た布垣浩一郎の顔は随分と窶《やつ》れていた。

午後七時。指定の時間だ。

桐也は今玄関の扉を押し開いたまま布垣の疲れ切った笑顔と対峙《たいじ》している。共用廊下の空気は酷く冷え切っていて、桐也は上着もなしに扉を開けたことを後悔していた。

布垣の背後には二人の男が控えている。羊協から派遣されてきた羊飼いだろう。

片方は伊織だ。だが伊織は桐也と視線を合わせようとはせず、あくまでも他人を装っていた。双方のためにも初対面を装うのが得策だ。

もう一人の羊飼いは、一言で言えば〝エリート官僚〟風の鼻持ちならない男だった。

伊織がボロボロ――本人に言わせるなら古着風デザインなのだそうだが――のケープを纏っているのに対し、官僚風の男はカチッとしたスーツに七三分けの頭、黒縁の眼鏡ときたものだ。見た目からして高慢さが滲み出ている。

桐也は二人をじっと見据え、扉から手を離した。扉は伊織が代わりに支えてくれている。開け放たれているため冷気が容赦なく部屋の中に流れ込んでいた。

ヨウは、桐也の背後で不安げに布垣を見つめている。桐也の背中に置かれた手が震えているのは寒いためか、あるいは恐怖のためか。

今になってようやく、桐也はヨウの手が随分と小さいことを認識した。

「衣服を買ってあげたのか。予想通り、君は電気羊《エレキラム》をとことん人間扱いしているようだな。いや、うん。悪いことではない。電気羊《エレキラム》は人と同じ姿をしている。人間として見るのは当然のことだ」

場の緊張――いや、殺気を解《ほぐ》すためだろうか、布垣は無理矢理に笑った。

妙な静寂の後、咳払いの音が廊下に響く。布垣は本題を切り出そうとする際咳払いをする癖があるようだ。

桐也の耳には、布垣の咳払いが銃声に聞こえてならなかった。

「無駄話はこのくらいにしておこうか。では約束通り電気羊《エレキラム》を引き渡してくれたまえ」

桐也の背を摑む手にきゅっと力が入る。

桐也はその手を乱暴に振り払い、ヨウの腕を引っ張って布垣の前に差し出した。

ヨウをモノ扱いすることで自分自身に麻酔をかけているのだと、桐也は理解している。あまりに愚かだということも自覚している。

そうでもしないと決心が揺らいでしまいそうで。

「どうぞ後はご自由に。約束、守ってくれるんでしょうね」

「疑う気持ちは分かるとも。だからこれを用意した。これと引き換えだ、どうかね？」

布垣がスーツの内ポケットから出したのは見開き型の台紙だった。手のひらほどのサイズしかなく、表紙も裏表紙も真っ黒である。パスポートを更に小さくしたような代物だ。

一般人ならば〝ただの小さな台紙〟と思うのだろうが、羊飼いは皆その台紙の恐ろしさを認識していた。

台紙の名前はスパイン。

中央区に住むランクA++羊飼い、マダム隅子《すみこ》の能力――〈汝を苛む茨の王冠《エンドレス・サイン》〉。その媒体である。

〈汝を苛む茨の王冠《エンドレス・サイン》〉の能力は特殊だ。羊飼いとしてはマニピュレーターに属するのだろうが、規模が大きすぎる。ランクA++は伊達《だて》ではない。

マダムが配布する契約書〝スパイン〟に、契約者双方のサインを記入することで取引は確定される。

当事者どちらかが約束を反故《ほご》にした場合、マダム隅子に連絡をすれば強制的に〝裁判〟に持ち込める。裁判というのは勿論羊飼い社会におけるそれだ。

裁判長はマダムであり、被告に対して絶対的な権限を持つ。罰は往々にして重い。

スパインを持ち出すということは、布垣は本気で警備を外す――つまり放火魔を殺させるつもりなのだろう。〈汝を苛む茨の王冠《エンドレス・サイン》〉の効果は契約を履行するか、あるいは当事者が死ぬまで半永久的に続く。余程の覚悟がなければスパインを用いた取引などしない。

「待って下さいよ、布垣氏。スパインを持ち出すような取引？　聞いてませんよ、我々は」

忌々《いまいま》しげに眼鏡を押し上げ、玄関先に踏み入ったのはエリート然とした男だった。

神経質そうな視線が布垣と桐也に向けられる。「余計なことをするな」と言わんばかりに。

「斗一桐也と何の取り決めを交わすおつもりなんですか？　電気羊《エレキラム》と引き換えの約束事など余程大事なことなのでは。そういう勝手な行動は慎《つつし》んで頂きたいのですが」

「羊協には関係のないことだよ、犬貝《いぬがい》君。布垣浩一郎という個人と、斗一桐也君という個人。その個人同士で交わされた約束事だ」

「内容は」

「教えられない。私は羊飼いではないが、羊飼いのルールは知っている。スパインを使った契約はデリケートだ。契約内容は当事者以外に口外すべきではない……違うかな」

「その通りですよ。けれど、今回は」

「心配しなくてもいい。羊協に迷惑がかかる内容ではないからね」

——嘘だ。

羊協が放火魔を保護している以上、布垣の行動は羊協に多大なダメージを与える。放火魔を狙う者がいると理解した上で警備を外すのだから。

言ってしまえば布垣は間接的に放火魔を殺そうとしている。

羊協に知られれば、羊対課課長とはいえ処分は免れない。

「私は斗一君に自ら電気羊《エレキラム》を差し出して欲しかった。羊協羊飼いが乗り込んで、無理矢理に奪うなんて真似はしたくなかったんだよ。私は斗一君のことを尊敬しているからね。だから約束した。彼に、電気羊《エレキラム》と同等の利益を与える、と」

「勝手な行動が過ぎますね、布垣氏。羊協は羊対課課長の人事権を有している。お忘れですか」

「忘れていないとも。犬貝君、どうか理解してくれ。ここで私たちが話し込んでいては斗一君も困ってしまうだろう」

「確かに仕事が遅れるのは忌々しい。仕方ありません。ひとまずは不問としましょう。後ほど詳しく話を聞きますのでそのつもりで」

布垣は返事をせずにただ頷き、スパインを桐也に差し出した。

台紙の片側には布垣のサイン、もう片方は白紙だ。

サインしてしまえばもう後戻りはできない。

これは言わばヨウと放火魔の交換だ。桐也はヨウを引き渡し、布垣は放火魔を差し出す。スパインによって保証された絶対契約。

桐也は一瞬、目の前にいるヨウに視線を置こうとした。

だが軽く唇を噛むに留《とど》め、スパインを受け取った。

「交渉、成立ですね」

布垣から渡されたペンで白い台紙に名前を記入する。台紙を突き破ってしまうほど強く。自分自身に見せつけるかのように。

桐也が名前を記入した直後、両者のサインが淡く滲んだ。

契約が成立したという証拠。

ヨウを売ったという証である。

「ありがとう斗一君。では、約束通り電気羊《エレキラム》はこちらで回収させて貰うよ」

犬貝は桐也をじろりと睨《にら》み付けると、ヨウの腕を引っ張って自身の前まで引き寄せた。生き物を扱っているとは思えない態度だ。犬貝の目は完全に機械か、あるいは家畜を見るそれである。

ふと、犬貝はスーツの内ポケットから何かを取り出した。

布——いや、袋だ。

犬貝はビロードのような生地で出来た黒い袋を乱暴に広げると、あろうことかその袋をヨウの頭に被《かぶ》せようとした。

「おい、ちょっと待て。何やってんだよお前」

慌てて声を出したのは桐也だ。

声を出すべきではないと分かっていた。羊協にヨウを引き渡した時点で、連中が電気羊《エレキラム》をどう扱おうが桐也には関係のないことだからだ。

だが袋で頭を覆い隠すなど、まるで出荷寸前の家畜を縛り上げるかのような残酷さだ。

「何ですか、うるさいな。電気羊《エレキラム》を運ぶときは顔を隠すと決まっているんですよ。間違って誰かと目が合ったら大変でしょう。こういうことになる」

犬貝は露骨に眉を顰め、眼鏡を押し上げた。羊協専属羊飼いらしい高慢さがこれでもかと言わんばかりに滲み出ている。

「この電気羊《エレキラム》はこのまま記憶を消去し、然るべき羊飼いと契約をさせます。あなたのことはすぐに忘れるでしょうからご心配なく」

「ヨウ……いや、そいつと契約する羊飼いはお前なのか」

「お前って……。随分態度がデカいようですね、斗一桐也。賞金稼ぎ風情が何様ですか？　羊協がなければ存在すら許されない底辺羊飼いの癖に」

「答えろ。お前が次の主人なのか？」

チッと舌打ちの音が響いた。犬貝が発した音だ。

「知りませんよ。羊協が決めることです。ですがまあ？　私もそろそろ電気羊《エレキラム》を貰っても良い頃合いだとは思っていました。この電気羊《エレキラム》を授けられた暁には低俗な羊飼い共を排除し、世のため人のために能力を使うと致しましょう」

「羊協の上層部に伝えておいてくれ。こいつの次の主人は、そっちの陰気そうな男がいい、と」

「陰気な男……蝶谷のことですか？　なぜ蝶谷がいいのです」

「お前より幾分かまともそうだ」

ビキ、と青筋の立つ音が聞こえた――ような気がした。犬貝のこめかみから。

エリート官僚めいた見た目をしていながら案外感情的になりやすい男のようだ。むしろプライドが高いからこそ沸点が低いのか。羊協専属という肩書きを神聖視している犬貝にとって、桐也に煽《あお》られるのは何よりも忌々しいことなのだろう。

「良いですか、あなたが電気羊《エレキラム》を匿っていたことは本来罰せられるべきことなんですよ。巾垣氏に免じて見逃してあげているだけなんです。そこをはき違えないように」

語尾が震えている。怒りと苛立《いらだ》ちを無理矢理に抑え込んでいる声音だ。

「まったく、これだから賞金稼ぎは嫌なんです。反吐《へど》が出る。こんな男と数日過ごした羊なんてこちらから願い下げですよ。汚らしくて契約する気にもならない」

犬貝は目一杯に顔を歪《ゆが》めて嫌悪を露《あら》わにし、手にしていた黒い袋を一気にヨウの頭へと被せる。袋を被せただけならまだしも、ヨウの首の部分で袋を引き絞り、あろうことか首輪でキツく固定した。首は絞まっていないようだがあまりに酷い仕打ちだ。

突然袋を被せられて驚いたのだろう。ヨウは小さな手で袋を引っ張り、何とか引き剝がそうと奮闘している。漏れ聞こえるくぐもった声が何とも哀れだ。

「き、りや」

ふと、ヨウの手が動いた。

白い指先が何かを求めて宙を搔《か》き分けている。

ヨウの両手はどんどんと前へ、前へ。

姿が見えない桐也を探して。

「こわい、よ。真っ暗で何も見えない。桐也、ねえ、ヨウは……ヨウはもう一人なの」

桐也は後ずさった。

「桐也、いないの。いなくなっちゃったの。ねえ桐也、やっぱり、やっぱり怖いよ。忘れたくないよ。桐也。桐也……！」

語尾が水気を含んだ。

泣いている。

ヨウは今、涙を流している。

感情を抑制されたはずの電気羊《エレキラム》が。悲しいという感情すら分かっていなかった人造人間が。

「嫌だよ、嫌だよ……！　何も知らないヨウに戻りたくない！　一緒にいたいよ！」

桐也は、自分が口元を押さえていることにようやく気づいた。

この感情を何と言い表したらいいのか分からない。

恐怖。悲哀。悔恨。後悔。罪悪感。自己嫌悪。

――いや、どれも違う。

胸の奥が、臓腑の底が、酷く冷たい。締め付けられるように痛い。血管の中が空っぽになってしまったような気がする。視界がぐるぐる回って、揺れて、彩度を失っていく。

あの時と――流音を撃った時と同じだ。

「犬貝君……電気羊《エレキラム》が泣くなんてことがあり得るのかね。感情がないのではなかったのか」

布垣の声はずっと遠くに聞こえた。

だが動揺が滲んでいることはハッキリと理解できた。

「今まで例はありませんが……まあ、問題ありませんよ。一時的な発作と見て頂ければ」

「そうかね。それなら良いのだが。さて、斗一君。もういいかな？　最後に何か声をかけてあげてもいいのだよ」

桐也は小さく震えながら一歩二歩と後退していく。必死に桐也を求めるヨウの手から逃げるために。

すすり上げる音が聞こえる。

感情を削り取られて生まれてきたヨウが、最後の最後で爆発させた心。

伸ばされる手を掴んで「ここにいる」と一言言ってやればいい。

今まで女達を落とすためにありとあらゆる嘘をついてきた。その場しのぎの嘘や、中身の無いご機嫌取りも。ずっと一緒だよ、と囁《ささや》いて捨てた女など腐るほどいる。

今だって同じだ。手を握って、ただ一言何か囁いてやればいい。

そうすればヨウは落ち着く。大人しく連れて行かれるはず。桐也が側にいるのだと信じて。

「――いや」

だが、桐也は頭を振った。

「言うことはない。さっさと連れて行ってくれ。ここで泣かれると近所迷惑だ」

布垣と犬貝が顔を見合わせる。目をパチクリさせているのは桐也の反応が予想外だったからだろう。

ただ一人、伊織だけは違った。

真っ黒な目に得も言われぬ憐憫《れんびん》を湛え、じっと友人を――桐也を見据えている。伊織自身が痛みを受けているかのように。

「では、斗一君。約束の件は明日連絡する。今日はもう休みなさい。君の決断に敬意を表するよ」

桐也はあえて顔を背け続けた。

視界の端でヨウの手が動いている。だがその手が桐也に触れることは決してない。それどころかヨウは犬貝に引きずられ、どんどん桐也から引き離されていった。

一人玄関先に残ったのは布垣だ。

布垣はただ桐也を見据え、溜息をつき、「さようなら」と挨拶《あいさつ》だけを述べて扉を閉めた。扉の向こう側からは大人の足音が三つと、無理矢理に歩かされている足音が一つ響いている。

桐也は無表情のまま玄関の鍵を閉めた。

直後、鍵を閉めた右手は拳となって横の壁を殴りつけた。

——いつどこで、ズレてしまったのだろう。どうしてこんなに。

「俺は、馬鹿だ」

叩《たた》き付けた拳に額を押し付け、桐也はそのままズルズルと場に座り込んだ。

涙は出ない。

代わりに、乾ききった自嘲が口元から漏れていた。

4

籠の中〈SCREAM〉

派手な音。

静まりかえった部屋にその打音は良く響いた。

桐也は頭を右に向けたまま押し黙っている。まるで魂が抜けた人形のように。一週間前のヨウと同じくらい感情というものが感じられない顔をしていた。

打たれた桐也の頬《ほお》がじわ、と赤くなる。

眉《まゆ》一つ動かさない桐也を見て、纏は振りかぶっていた手を下ろした。もう一発殴るため振りかぶっていた右手を。

人形のようだった。

どれだけ殴っても、たとえ銃を突きつけたとしても、今の桐也は微動だにしないだろう。思考が停止している人間にどれだけ感情をぶつけたところで無意味だ。ただの暴力にしかなり得ない。

「あんた、馬鹿じゃないの。馬鹿よ。大馬鹿。なんで……なんでヨウちゃんを引き渡しちゃったのよ」

全身から力が抜けたのか纏は椅子《いす》にドカッと腰掛けた。

テーブルにはビニール袋に入った酒とジュースが無造作に置かれていた。纏が買ってきたものだ。

纏は当然、ヨウが三十分前に連れて行かれたことなど知る由《よし》もなかった。だからこそ上機嫌で飲み物やつまみ、お菓子を買ってインターホンを鳴らした。

だが彼女を迎えたのは抜け殻のような桐也ただ一人。

もし来るのがあと三十分早ければ――どうなっていただろう。纏がいたところで桐也はヨウを引き渡していたはずだ。

――これでよかった。こうするべきだった。こうなる運命だった。

桐也はずっと自分自身を納得させようとしている。正しい選択をした、と言い聞かせて。

そうでもしないと何かが壊れてしまいそうだった。

「何で相談してくれなかったのよ……。なんで、こんな」

「遅かれ早かれこうなった。むしろ、放火魔と引き換えに出来たのは運が良かったかもしれない。本当なら黙って引き渡してなければならないモノだ、あれは」

纏は途端に怒気を滲《にじ》ませ、立ち上がって桐也の胸ぐらを摑《つか》んだ。

茶色っぽい瞳《ひとみ》には複雑な感情が滲んでいる。怒り、後悔、憐憫《れんびん》、自責、同情。纏自身、自分がどうしてここまで憤《いきどお》っているのか理解できていないだろう。

「なによ、それ。本気で言ってるの？　そうまでして放火魔を殺したいの？」

「当たり前だろう。むしろ、あんたは殺したくないのか？　ヨウのためなら放火魔を諦《あきら》めると？　ふざけるなよ。あいつは姉さんを毛無しにしたんだぞ。二年間、俺《おれ》がどんな思いであいつを探してきたかお前に分かるのかよ！」

「私だって犯人を殺したいわよ！　ええ、そりゃあもう残酷に、痛めつけて殺してやりたいわよ。でもだからって……」

「何だ。ヨウを犠牲にすることはない、とでも？　はっ、羊飼いをやめたヤツは随分とまあ一般人らしいモノの考え方をするんだな？　電気羊《エレキラム》だぞ。羊協が血眼《ちまなこ》になって探してる羊協の備品だ。抱えていれば羊協から目をつけられる。いやもうつけられてるんだよ」

「自分の保身のためにヨウちゃんを引き渡したっての？」

「そうだ」

「肩の荷が下りてせいせいしたって？」

「ああ」

「あんたもうちょっとマシな嘘《うそ》つきなさいよ」

纏の一言は桐也の顔色を変えるのに十分な効果を持っていた。

人形のように無表情だった桐也の顔が途端に怒気と殺気を孕《はら》む。突然纏に銃を突きつけてもなんら不思議ではないほどの殺気だ。

だが、桐也は殺気の中に動揺を押し隠している。

違う。

殺気で隠さなければならないほど動揺しているのだ。

纏のあまりに直情的すぎる言葉は、桐也が必死に繕《つくろ》った心の壁を無理矢理に引き剝《は》がそうとしていた。

「どういう意味だ。俺が嘘をついてると？」

「自分の頭の中も理解できないの？」

「姉気取りも大概にしろよ。一週間ぶりに顔を見せて一体何様だ、あんた」

胸ぐらにある手を乱暴にはね除《の》け、桐也は人殺しのような目つきで纏を睨《にら》んだ。

「あいつの主人は俺だ。ならどうしようが俺の勝手だろ。あんたに文句を言われる筋合いはない」

「ええそうね、私だって言いたくないわよ。あんたがそんな顔してなきゃ、私だってヨウちゃんのこと受け入れた。仕方がないわねって」

「そんな顔？　何言ってんだ」

「自分の顔、鏡で見たら？　後悔してますって顔に書いてあるわよ。だから馬鹿みたいって言ったの。自分に嘘ついて、ヨウなんて知りませんどうでもいいですーなんて強がって。ガキかっての」

ガタン、と椅子の動く音がした。桐也の足が椅子にぶつかったせいだ。

「電気羊《エレキラム》だった？　放火魔と引き換えだった？　自分に言い聞かせて無理矢理に納得しようとしてんじゃないわよ。なに、流音のせいにしたいの？　ヨウちゃんを手放したのは流音のためって思ってるわけ？」

「姉さんのせいじゃない。俺は放火魔を」

「殺したい？　流音の復讐《ふくしゅう》のために？　復讐を大義名分にしてれば何しても許されると思ってるの？　ふざけんじゃないわよ。流音はあんたの行動を正当化するためにいるんじゃない」

「そんなこと分かってんだよ！　さっきから何が言いてぇんだ！」

「あんたは、ヨウちゃんの手をとって逃げるべきだったのよ」

いい、いい、い
逃げるべきだった。

纏の言葉が毒のように脳内へ広がっていく。

——逃げる。放火魔から。羊協から。姉さんから。過去から。そんなこと許されない。逃げられるはずがない。

だからこそ、桐也はヨウの手を握らなかった。必死に宙を引っ搔《か》くヨウの姿を黙って眺めていた。

「勝手なことを、言うな」

桐也は再び殺気でもって動揺を押し殺し、纏を睨《ね》め付ける。

「あんたは羊飼いをやめたからそんなことが言えるんだろ！　ヨウを連れて逃げる？　あの足手まとい連れてどこに逃げろって言うんだよ。いいか、こうするしかなかった。羊協に引き渡す以外に方法はなかったんだ！」

「ああそう。ならそれでいいわよ。あんたはそうやってどんどん傷を増やして、一人で生きていったらいいわ。ホント馬鹿みたい。迷子のガキみたいな顔して。これでよかったなんて微塵《みじん》も思ってないじゃない！」

「ならどうしたら良かったんだよ、俺は。羊協に居場所を知られたんだぞ、今回逃げ切ったとしてもいずれは羊協に捕まる。どうすることもできねぇんだよ！」

「ええそうね。それでヨウちゃんは記憶を消され、一生閉じ込められて生きていくのよ。好きでもない羊飼いと契約させられてね」

弾《はじ》けるような動きだった。

桐也は衝動的に纏の胸ぐらを掴み上げ、今にも嚙《か》みついてしまいそうなほど顔を寄せた。それ以上口を開けば殺す、と言わんばかりの表情で。

だが纏は動じない。毅然《きぜん》とした態度で桐也と向き合っている。

「いいわよ、殴ったら？　私もさっき打《ぶ》ったもの、打《ぶ》っていいわ。男の癖になんて言うつもりはない。でも私を殴るってことは、認めるってことよ」

「何を」

「後悔してるってことを」

「馬鹿馬鹿しい。何が後悔だ。居候がいなくなっただけだろ」

「あっそ。……ねえ桐也」

「何だよ」

「今のあなたの姿、流音が見たら何て言うかしらね」

流音。

その名前は起爆剤として十分過ぎる効果を持っていた。

桐也の手に力が入る。怒りと焦燥が理性を溶かし、思考を歪《ゆが》めている。今まで桐也は決して女性に手をあげることは無かったのに。

――纏の言葉は、痛い。

感情的で荒削りだからこそ触れられたくないところに突き刺さる。理論で塗り固めた後悔が剝《む》き出しになってしまう。

――何も聞きたくない。考えたくない。忘れてしまいたい。袋を被《かぶ》せられたまますすり泣くヨウが、いつまでも頭から消えない。

「待って……何か変な音が聞こえない？」

纏は桐也の眼前に手のひらを向け訝《いぶか》しげに辺りを見回す。二人の間に流れていた殺伐《さつばつ》とした空気は一瞬のうちに消え去っていた。

確かに聞こえる。

チッチッ、という時計の秒針を思わせる音。

部屋の中から聞こえる音ではない。ベランダの外だ。

――いや、待て。この音は。

「伏せろ、纏」

最後に一際大きく鳴ると音はピタリと止まった。

「――伏せろ！」

直後、ベランダからの爆風が桐也の部屋に容赦なく流れ込んできた。

□

部屋の中は一瞬にして粉塵《ふんじん》に埋め尽くされた。

衝撃でテーブルが横に倒れている。桐也と纏はちょうどその陰に横たわっており、さほどダメージを受けずに済んでいた。

「ちょっと……何なのよ、これ……」

桐也は咄嗟《とっさ》にデリンジャー型ライターを握りしめ、バリケードと化したテーブルから顔を出す。手に握り込んでいるのは釘《くぎ》ではなくガラス片だが仕方が無い。

テーブルの上にあった缶ビールが床を転がっていく。

その缶ビールは、何者かの爪先《つまさき》にぶつかって動きを止めた。

「うっそだろ、腕によりをかけた料理だったんだぜ？　何で仕留め損ねるかな。ショックだぜ、泣きそうだ」

ベランダから侵入してきたのは男と女の二人組だ。

男は随分と体格が良く、髪は金色で目が青い。顔つきも日本人のそれとは違う。外国人か、あるいはハーフか。胡散臭《うさんくさ》さと爽《さわ》やかさが同居した容姿だ。

一方女は一見すると女子高校生だが随分と化粧が濃い。茶髪の巻き髪をツインテールにし、制服を着崩した頭の悪そうな女だ。化粧が濃いせいで年増《としま》がコスプレをしているようにしか見えない。

ベランダを爆破したのは恐らくどちらかの能力だ。つまり連中は羊飼い。

――カミマチか。

「あいつら生きてんじゃん。なんで殺せてねーの。さっさと殺《ヤ》ってよ、コック」

「そうカッカすんなよ、ルージュちゃん。フロスティ君とグラッシー君の弔い合戦だ。派手にいこうぜ、派手に」

「それマジで言ってんの？　あのデブとノッポ、知り合いでもなんでもなくね」

「こういうのは気分だよ気分。そう思うだろ、ビリー・ザ・キッド！」

桐也が引き金を引こうとした刹那《せつな》、体格の良い男――コックは手に握り込んでいた何かを勢いよく投げた。

「頭低くしてろ、纏！　こっから動くな！」

テーブルから僅《わず》かに顔を覗《のぞ》かせていた纏を無理矢理床に押し倒し、その上に覆い被さるようにして桐也も身を潜《ひそ》める。

刹那、それは爆《は》ぜた。

衝撃が桐也の背に降りかかるが大したダメージじゃない。

やはり爆発はコックの能力。

――何が爆発した。コックが投げたモノは一体何だ。コックは「腕によりをかけた料理」と言っていた。

「料理。……そうか。食べ物を爆発させる能力」

桐也は勢いよく起き上がり、コックにデリンジャーを向けた。

コックは両腕にパンを抱えている。――いや、パンの形をした爆弾だ。

「うわっと危ねぇなあ。ガラス片握ってやがったのか――わぶっ！」

桐也が撃ったガラス片はパンのいくつかに命中し、軽い爆発を引き起こす。だが風船が弾けた程度の威力だ。コックへのダメージにはなっていない。

――ただのライターでどこまでやれるか。

モデルガンがあればもう少しまともに戦える。だが二人を相手にしてモデルガンを取りに行く余裕は無い。モデルガンは今ルージュのすぐ横――壁際のラックにある。

ツインテールの方がどんな能力を持っているか分からない以上、強行突破に賭《か》けるのは無謀だ。

「そう怖い顔すんなって、ビリー・ザ・キッド。あんたの話は聞いてる。手に握ってるモノを銃で撃ち出せる能力だろ？　いいね、クールだ。ほら、これも撃ってくれ！　ほらほらっ」

投げつけられた四つのパンは、ガラス片の銃弾を受けて宙で爆散した。

手のひらサイズのパンでもそれなりの威力だ。まともに食らえばかなりのダメージを受けるだろう。

――まずい。もう弾になりそうなものがない。

デリンジャーは銃自体に力がないため、弾で殺傷能力を確保しなければならない。鋭利なもの、あるいは尖《とが》っているものでなければダメージにはならないだろう。

弾がないのはコックも同じか。コックの腕にはもうパンが無い。

ふと、桐也は足下に違和感を覚えた。

纏が桐也のズボンを軽く引っ張っている。もう片方の手はルージュの方を指さしているようだ。

――モデルガンを取りに行くつもりなのか。

「どこ見てんだ、兄ちゃん。おかわりはまだあるぜ？　ほら、こんなところにな！」

投げつけられたのは床に散らばっていたおつまみチーズだ。

桐也は咄嗟に手でガードした。それが良くなかった。

それなりの爆発を見せたおつまみチーズは、あろうことかデリンジャーを吹き飛ばしてしまった。

デリンジャー型ライターは壁際に吹っ飛んで跳ね返り、コックの足下に転がった。

「うーむ、やっぱり自分で作った料理じゃないと威力がイマイチだな。ベランダを吹っ飛ばしたのは自信作だったんだぜ？　三時間かけて作ったデコレーションケーキだ。爆発させるのが惜しかった……。せっかく腕によりをかけたのになあ」

「なぜ俺を狙《ねら》う。復讐のつもりか」

コックとルージュはおどけた様子で視線を交わし、何が可笑《おか》しいのか突然ゲラゲラと笑い出した。

「復讐？　フロスティ君とグラッシー君の？　どっちかって言うとウェビー君の力が君に復讐したがってると思うぜ。復讐っていうか、アレだな。二回戦目？　ウェビー君は獲物を逃さないタチだからな」

「何が目的だ」

「ただのお仕事さ。標的を殺してご褒美《ほうび》をもらう。君らが賞金を稼ぐのと一緒だぜ。兄ちゃんを殺すのが今回の依頼だ。あ、依頼主は内緒な」

「俺の首が目当てか。なら纏は見逃せ」

「うーん、すばらしいね。最高にクールだ！　でもそれは許可できないんだ。見られたからにはそっちの姉ちゃんも殺さないとならない。運が無かったと思ってくれ。そういうこともあるさ、なっ」

　コックがじりじりと距離を詰めてくる。

　食べ物を持っているようには見えないが、何か隠している可能性は否《いな》めない。

　羊に負担をかければ素手で弾を撃つことも出来るが、よほど殺傷能力のある銃弾でなければ仕留めるのは無理だ。

　釘か、あるいはナイフか。ガラス片は大したダメージにならない。

　――どうする。

「ヘイ、お姉ちゃんッ！　そういうのは良くないぜ！」

　コックは、テーブルの陰から飛び出した纏に何かを投げつけた。

宙を舞っているのは細かい粒のようなものだ。それは爆竹じみた音を発し、連鎖するように爆発した。

脚に爆発を受け、纏はちょうどラックにもたれ掛かるような形で蹌踉《よろ》めく。一拍おいて纏のふくらはぎには痛々しい血の跡が滲んだ。

纏の手にはモデルガンと五寸釘が握られている。ラックにもたれ掛かった隙《すき》に摑んだのだろう。

だが、それを桐也に渡すことは叶《かな》わなかった。

「余計なことすんなよ、おばさん。まじ萎《な》えるわ」

何かの焼ける音がした。ジュウ、と熱い鉄板に肉を押し付けたときのような。

ルージュはただ纏の手首を摑んでいるだけだ。ハンドクリームを散々塗りたくった手で。だというのに纏は摑まれている方の手を小刻みに震わせ、苦しげに顔を顰《しか》めた。

タンパク質の焼ける臭《にお》いがする。

──まさか。

「〈甘美たる毒花《ビューティフル・アシッド》〉。──焦げ焦げにされたくなかったらさっさと銃放せよ」

纏は摑まれていない方の手でルージュにビンタを食らわせ、何とか引き剝がそうと試みた。だがルージュは手を放さない。纏の手首からは煙が上がっていた。

酸だ。

化粧品か何かを酸に変える能力。纏の手首は今ハンドクリームによって焼かれている。

「やめろ！　纏は羊飼いじゃない、巻き込むな！」

桐也はテーブルを踏み越え、ルージュへ駆け寄ろうとした。

だが、その足はすぐに止まった。

ルージュは液体タイプの口紅を纏の目に向け、嗜虐的《しぎゃくてき》に笑んでいる。少しでも動けばこいつの目を潰《つぶ》す、と言いたげに。

直後、桐也の背中を軽い爆発が襲う。

軽いと言えど床に膝《ひざ》をつくほどの威力だ。爆発を受けた背中は衣服が所々焦げ付き、皮膚も火傷《やけど》を負っていた。

「あーあ、お兄さんボロボロ。かわいそ。コックって結構いたぶる趣味あるんだよね」

「纏を放せ。カミマチはいつから一般人を狙うようになった」

「一般人？　そんなこと知らないし。まずイイ男と仲良しなのがムカつく。だから顔ぐちゃぐちゃに焼いて、その後殺す。つーかあんたお兄さんのカノジョ？　派手な格好してさ。キモいんですけど」

ハンドクリームでベタベタになった手が纏の腕を撫《な》でていく。

酷《ひど》い有様だった。

纏の右手は目を背けたくなるような火傷に覆われている。皮膚は赤くなり、所々爛《ただ》れているようだ。

「大丈夫よ、桐也。こっちに来ないで。この子化粧臭くて嫌になるわ。私にまで臭いがうつりそう。その厚化粧で一体何を隠してるわけ？」

肉の焦げる音が強くなった。

ルージュが纏の腕を強く握ったからだ。

「いきなりなに。あんたには関係ないんですけど。強がんなよ、おばさん。目焼かれたいの？」

「先に目をやっちゃうの？　目が見えなくなったら、顔がぐちゃぐちゃになってもよく分からないわね」

「どうせ死ぬしいいんじゃね？　てか、銃放せよ。おばさんが頑張っちゃうとかキモすぎ。引くんですけど」

「私も厚化粧の女子高生とか引いちゃうんですけど。顔に酸でもかけられた？　だからこんな能力なんでしょ、あなた」

ルージュの顔色が変わった。

激昂《げきこう》。――まさにその言葉が相応《ふさわ》しい。

目に向けていたはずの口紅は勢いのままに纏の手の甲へと押し付けられる。ハンドクリームよりも酸性が強いのか、纏の手からは凄《すさ》まじい煙と臭いが立っていた。

「黙れよ、黙れ黙れッ！　銃放せって言ってんだよ、なあ」

「顔が醜い上、言葉遣いも汚いってあなた最悪ね。随分高い化粧品使ってるみたいだけど、勿体《もったい》ないわ。安物に替えたら？」

「うるさい。ああもう意味わかんない。ねえコック、こいつ殺すから」

ルージュが一際大きな声を出した刹那、どこかでプシュ、とガスの漏れるような音がした。

「ぎゃあぎゃあうるさいのよ。ご近所迷惑だっての」

吐き捨てるが早いか、纏は左手に摑んでいた缶ビールをルージュにかけた。

タンパク質の焼ける臭いはあっと言う間にビールの臭いにかき消される。

顔にビールがかかったことでルージュは慌てて纏から手を離した。化粧が崩れることを恐れているのだろう。必死に顔を隠し、ビールから守ろうとしている。

だが、顔を隠したところでもう遅い。

ルージュは全身にビールを浴びてしまった。

「纏、やめろ！」

桐也の一声は、制止にはならなかった。

「お酒は大人になってからよ、クソガキ。――〈電気仕掛けの杯《イエロー・パロット》〉！」

パチンと指が鳴る。

直後ルージュは体を跳ね上げさせ、しばらく痙攣《けいれん》したのち場に昏倒《こんとう》した。

先ほどまで敵意と憎悪を湛《たた》えていた目は瞼《まぶた》の裏側に潜《もぐ》り、体からは微《かす》かに煙が立ち上っている。

感電したかのように。

いや、事実感電したのだ。

纏の〈電気仕掛けの杯《イエロー・パロット》〉はアルコールに電気を流す能力。アルコール度数が強ければ強いほど流れる電流も強くなる。

「私が今日ビールを買ったことを幸運に思いなさい。ウイスキーなら死んでたわよ、あなた」

ビクビクと痙攣しているルージュに吐き捨て、纏は手にしていたモデルガンと五寸釘を床に滑らせた。その先にいるのは勿論《もちろん》桐也だ。

一方、コックは目に見えて動揺している。

相棒が倒されたのだ、慌てもするだろう。

「何が一般人だ、羊飼いじゃねぇかよ嘘つきめッ。畜生、とっておきを食らえ、〈危険物美味礼賛《キング・オブ・フライ》〉！」

コックが服の内側から取り出したのは密閉パックに入った緑色の液体だ。もたつきながらもチャックをあけ、その中身を桐也に振りかけようとしている。

だが、緑の液体が桐也を襲うより先に――。

「自分で食らえ――〈魔弾の射手《レライエ》〉」

コックは額と眉間《みけん》に五寸釘を打ち込まれ、背中から場に倒れた。

緑色の液体がコックの体を濡《ぬ》らす。

一拍おいた後コックの体は派手な爆発に巻き込まれて吹っ飛び、壊れた人形のように床に打ち捨てられた。

□

室内は酷い有様だった。

つい先ほど下の階の人が訝《いぶか》しげにベランダを見上げていた。ガス爆発と言い訳をしたが信じていないだろう。

桐也は纏の腕に包帯を巻いている。ルージュによって焼かれた腕はあまりに痛々しいものだった。

基本的に羊飼いが死ねば能力は解除されるが、能力によって受けた傷は治らない。そもそもルージュは死んでいないので、ルージュが持つ化粧品類はまだ酸の効果を持っているはずだ。

コックとルージュの二人は手足を紐《ひも》で固く縛られ、部屋の隅に転がっていた。コックの方はもう息をしていない。

「なんて顔してるのよ」

纏は怪我《けが》をしていない手で桐也の頬を抓《つね》り悪戯《いたずら》っぽく笑う。だが桐也は表情を変えるどころか、纏に視線を向けることすらなかった。

「何で能力を使った」

「何でって。能力を使わなきゃ二人ともやられてたでしょ」

「まあ、そうだな。その通りだ。俺があんたに能力を使わせた」

「あなたのせいじゃないわ。私が自分の身を守るために使っただけ。だからそんな顔しないで。あなたがいなかったら私とっくに死んでた」

「俺がいなければそもそも襲われることもなかった」

纏は言葉に詰まった様子で黙った。

「……とにかく、もう能力は使うな。あんたは羊飼いをやめたんだ。ならたとえ一瞬でもこっちの世界に戻ってくるべきじゃない」

「その可愛げがずっと続けばいいのにね。普段は超絶無愛想の陰気男だもの。嫌になるったら」

「悪かったたな」

「別にいいわよ。今更もの凄《すご》く明るくなっても気持ち悪いだけだし。……あ、包帯ありがと。あなたはどこか痛いとこある？」

「全身痛いが包帯巻く程じゃない。ちゃんと病院行けよ。痕《あと》残るぞ」

「はいはい、その内ね」

纏は床に転がっていた缶ビールを片手で器用に開けてみせた。右手は全く動かしていない。やはり痛むのだろう。

コックとルージュは纏が羊飼いだということを知らない様子だった。だが連中は纏もろとも桐也を殺そうとした。

——あり得ない。

カミマチとて羊飼いの集団だ。羊飼いは決して一般人を襲わず、羊飼いという存在が世に知れぬように行動する。羊協専属もカミマチ構成員もそれは変わらない。

今回コックとルージュはアパートの一室を爆破するという暴挙に出た。それはつまり——。

「カミマチにとって俺の命は余程高額なんだろうな」

散らかった床に腰を落とし、桐也はぎこちなく煙草《タバコ》に火をつけた。

傍《かたわ》らでは纏が不機嫌そうに唇を尖《とが》らせビールを口にしている。買ってきたつまみやお菓子はコックに爆弾化され、全《すべ》てなくなっていた。

「狙われるようなことしたわけ？」

「今まで散々賞金首のカミマチ構成員を殺してきたからな。恨みの一つや二つ買ってもおかしくはないが……でも、復讐じゃなさそうだった。連中は明らかに依頼を受けて俺の命を狙ってた」

「ここまでやるってことは相当よ。あなたをどーしても殺したいヤツがいるみたいね」

「心当たりがない。金を積んでまで俺を殺したい人間なんているのか？　羊協の連中じゃ……ないよな。羊協だったら賞金首認定すれば良いだけの話だ。わざわざカミマチなんて雇わない」

以前もカミマチ構成員にいきなり襲われた。

あれは確か放火魔の犯行現場を見に行ったときのことだ。ウェビーとかいう羊飼いは理由も言わずに桐也に襲いかかり、伊織の能力でもって撃退された。

コックとルージュが桐也の能力を知っていたのはウェビーに話を聞いていたからだろう。つまりウェビーと今回の襲撃者は繋《つな》がっている。依頼主が同じである可能性は高い。

やはり、放火魔の件を追っているせいでカミマチに狙われているのか。

――何かが引っかかる。

「ちょ、桐也！　虫入ってきたわよ、これ蜂《はち》だわ！」

突然跳び上がった纏の手からビールが盛大に零《こぼ》れた。

――虫。

纏が言ったとおり部屋の中を大きな虫が飛び回っている。

確かに蜂だ。しかもスズメバチ。相当な大きさである。

窓が破壊されているため虫が出入りするのは仕方の無いことだった。早急に窓を直さなければ。いやむしろ引っ越した方が早い。

「随分デカい蜂だな。何でこんな季節に」

十二月。雪も降り始めている冬の初めだ。

――この蜂、まさか。

「ねえ桐也、その虫、何か糸みたいの垂れ下がってない？　どこかで引っかけてきたのかしら」

「いや、多分主人に糸をつけられたんだろう。俺を案内するために」

「案内……？　どういうこと？」

桐也は蜂から垂れ下がっている糸を人差し指で巻き取った。

蜂は一生懸命どこかへ飛ぼうとしている。普通なら縦横無尽に飛び回りそうなものだが、スズメバチはひたすら玄関の方へ行こうとしていた。

「これは伊織の蜂だ。あいつは多分、俺をどこかに連れて行きたいんだろう」

「伊織君って、羊協専属羊飼いの？　それって変じゃない？　だって伊織君はさっきヨウちゃんを連れて行ったんでしょ？　何で桐也を案内するわけ」

「分からない。何で蜂を使ってるのかも謎《なぞ》だ。言いたいことがあるなら電話なりメッセージなりで伝えてくれれば」

――いや、違う。

もしかすると、伊織は今電話できない状況にあるのではないだろうか。

このタイミングでのカミマチの襲撃。無関係とは思えない。

「金を積んででも俺を殺したいやつ。そして、放火魔の件に関《かか》わってるやつ」

「いきなりどうしたのよ。何か思い当たる人物がいるわけ？」

桐也はふと、先ほどサインを記入したスパインのことを思い出した。

スパインがある以上契約は絶対だ。桐也は〝ヨウを引き渡す〟という約束を守ったため、あとは布垣が〝警備の人間を外す〟という約束を守ればいい。むしろ守らなければ大変なことになる。

だが一つだけ、約束を守らずに契約を終了させる方法がある。

――当事者の死亡。

スパインで契約した当事者の両方、あるいはどちらかが死亡した場合契約は破棄される。

桐也が死ねば、布垣は約束を守る必要が無くなるわけだ。

「そうだ……。あの蜘蛛《くも》野郎に襲われたときも、俺は布垣に会ってる。布垣が現場の見張りを外して、その間に蜘蛛野郎が現れた」

「布垣って、羊対課課長の？」

「ああ。今も布垣が帰った三十分後にカミマチ構成員が襲撃してきた。タイミングが良すぎないか。示し合わせたみたいだ」

「待って。あなた一体何が言いたいの？」

一度しか口にしていない煙草を灰皿――だったものに押し付け、桐也は口元を押さえた。指先から繋がっている蜂はそのままに。

今までの出来事がフラッシュバックし、ぼんやりとしていた仮説を確信に押しあげていく。

ヨウを護送していた車を襲撃したのはカミマチだ。護送を担当していたのは羊対課。護送車がカミマチに乗っ取られるなど今まで一度も無かった。だというのにヨウを運んでいた車だけはあっさり奪取された。

石狩の廃倉庫へ足を運んだときも、布垣が去った後にカミマチが現れた。蜘蛛男は復讐ではなく仕事として桐也を狙っている様子だった。

今もそうだ。布垣が去った後カミマチに襲撃された。

ヨウと引き換えに放火魔の警備を外す、という妙な取引。

なぜか承認されなかった放火魔の賞金首申請。

「……ま、さか」

桐也は徐《おもむろ》に立ち上がった。

蜂の羽音が部屋に響いている。耳障りだがどこか強い意志すら感じられる音だ。

「なに、何か気づいたの。誰《だれ》があなたを狙ってるのよ」

「布垣だ」

纏は何か言葉を発しようとして口を開きかけた。言葉らしい言葉が出てくることはなかったが。

「伊織の蜂が今ここにいるのは、伊織に何かあったからだ。でなきゃこんな面倒臭い方法はとらない」

「何かって……だって伊織君はついさっきここに来たんでしょう？　ヨウちゃんを迎えに」

「布垣と一緒にな」

「待って、ねえ待って。どういうこと。何で布垣課長があなたと伊織君を狙うわけ？　しかも今襲ってきた連中はカミマチでしょ。カミマチと布垣課長が繋がってるって言うの」

「そういうことになる」

纏はじわじわと渋面を浮かべた後、混乱を抑え込むかのようにビールを呷《あお》った。

「分からない。布垣課長は何が目的なの」

「ヨウだ。あいつは最初から電気羊《エレキラム》が欲しかった。護送車をカミマチに襲わせて、ヨウを手に入れるつもりだったんだろう。だがそれは失敗した。だから布垣は羊協専属羊飼いの協力を得て、裏ではカミマチとの契約を続けたままヨウを探したわけだ」

「嘘でしょ。羊対課の課長がそんなことする必要ある？　そもそも布垣課長は羊飼いですらないのよ。ヨウちゃん手に入れてどうするの」

「い、血縁者が羊飼いだったら？　しかも、羊をどんどん毛無しにするような羊飼い」

「ちょっと待って。まさか」

「もしかすると……放火魔は、布垣の息子なんじゃないか」

纏は今度こそ言葉を失ったようだった。

——辻褄《つじつま》は合う。

布垣は妻と離婚している。妻が子供を引き取って旧姓に戻ったのであれば、放火魔の名字が

〝廣世〟であるのも納得がいく。

布垣は以前、元妻が二年前火事に巻き込まれて死んだと言っていた。廣世の母親も二年前に死亡。〈太陽の落涙《フラッシュ・オーバー》〉の能力から推測するに、恐らく焼死だ。母の死というトラウマから羊飼いになった。

廣世は羊らしき女を何人も焼き殺している。羊が少ない状態で能力を行使すれば、羊はあっと言う間に毛無しになる。

だから消耗しない羊——ヨウを欲した。

電気羊《エレキラム》さえあれば、息子が発狂した羊に襲われることもない。

「待って。あなたさっきスパインにサインしたって言ってたわよね」

纏は自身を落ち着かせるためにもう一度ビールを呷った。

「つまり、布垣は契約を破ったということでしょ？　なら裁判に持ち込めるわ。今すぐマダム隅子に連絡を——」

「いや、裁判には持ち込まない」

桐也はふらりと場から移動すると、なぜか突然冷蔵庫を開けて中を覗き込んだ。

体ごと冷蔵庫に突っ込んでいる様は些《いささ》か滑稽だ。糸で繋がれている蜂が依然として飛び回っているのが余計におかしい。早く行こうと急《せ》かしているように見える。

「何でよ。スパインの契約は絶対でしょ」

「伊織の蜂が俺を迎えに来たってことは、伊織は恐らくヨウの護送中に襲撃された。だから今連絡が出来ない状態にある。この蜂は伊織が意識を手放す前に命令を受けたものだろう」

「つまり？」

「布垣はヨウを手に入れた。念願の電気羊《エレキラム》を。真っ先にどこへ行くかなんて分かりきってる」

「……廣世の所」

「そういうことだ」

桐也が冷蔵庫から取り出したのは――銃だった。

普段使用しているグロックとはモデルが違う。手にしているのはS&W M39。グロック17よりも小型の銃である。

なぜ銃を一挺《ちょう》、冷蔵庫の中に隠していたのか。

その理由は桐也しか知り得ない。

「廣世の自宅に行くとは思えない。俺に場所が割れてるからな。となると、布垣は今大事な息子と一緒に隠れているはずだ」

「その隠れ家に案内させるってワケね。このぶんぶん煩《うるさ》い蜂に」

「理解して貰《もら》えたようでなにより。というわけだ、後のことは任せた」

桐也は愛銃のモデルガンを腰のホルスターに差し込み、椅子にかけてあったコートを羽織った。

「任せたって簡単に言うけど、どうすんのよ。今聞こえてるサイレン、これ羊対課のやつじゃないわよ」

「多分普通の警察が来る。そこに転がってる死体見て喚《わめ》くだろうな。そんなお巡りさん達を黙らせる魔法の呪文《じゅもん》がある」

「何よ」

「コード440。羊対課に引き継ぐ時の暗号だ。これを伝えれば警察はすぐに引き下がる。後は待っていればいい。その内羊対課と羊協羊飼いが来る」

情報統制だけならば羊対課にも可能だが、人間の記憶となると隠蔽《いんぺい》は難しい。そんなときこそ羊協専属マニピュレーターの出番だ。

羊飼いに関する記憶の消去、あるいは改竄《かいざん》。それが羊協マニピュレーターの仕事である。札幌市民は自分たちが日々記憶を弄《いじ》られていることにまるで気づいていない。だからこそ羊飼いという存在を知らずに生活できている。

今回の件も、直《す》ぐさまガス爆発ということで処理されるだろう。

「もし俺が戻ってこなかったらあんたがマダムに連絡しろ。死刑判決が下るかどうかは分からないが、お咎《とが》めなしよりは良いだろ」

「やっぱり行くのね。……放火魔を殺しに」

「いや」

桐也はS&W M39を手に取り少しだけスライドを引いてチャンバーを確認した。

「あいつを――ヨウを迎えに行く」

纏は驚いたように目を瞬《しばたた》いていた。当然の反応だろう。

一度は手放した。怖いのは今も変わらない。大事なものを手にしてしまえば、一生失う恐怖につきまとわれることになる。

ヨウがどれだけ生きているのかも分からない。この先ずっと、羊協から逃げ続けられるのかも分からない。

手放してしまえば良い。独りの方がずっと楽だ。

――けれど、あの映画が……ヨウが見たがっていた映画が、ずっと頭から離れなくて。

「最初から、そう言えば良いのよ。素直じゃないんだから」

纏は安堵《あんど》と呆《あき》れの混じった笑みを漏らした。

「ねえ桐也。ヨウちゃんを助けに行くなら、私も……」

「いや、ここにいてくれ。羊飼いじゃないヤツについてこられても困る」

「――絶対、連れて帰ってきなさいよ」

軽く頷《うなず》くと、桐也は蜂に導かれるままに玄関から外に出た。

廊下には不安げに様子を窺《うかが》う隣人の姿があったが、桐也は声をかけることなく走り去っていった。

5

引き金〈SEPARATED FROM THE NEST〉

桐也の足音は建物内に響き渡っていた。

スズメバチが案内してくれたのは東区にあるパチンコ店だ。

パチンコ店といってももう閉業しており、建物自体は封鎖されている。閉業してから数年は経過しているのか、建物自体は酷《ひど》く荒廃していて至る所に落書きがなされていた。チンピラ達の溜《た》まり場と化しているのだろう。

桐也が侵入したのは裏口——従業員用スペースに続く扉である。正面玄関はガラクタで埋め尽くされていて入ることができなかった。

連中がいるとすればホールだ。

パチンコ台が全《すべ》て撤去されているのならばホールはそれなりの広さを持つはず。火遊びにはもってこいの場所である。

微《かす》かに焦げ臭い。ホールに近づくほど臭《にお》いは強くなっているように感じる。

それに、今確かに声が聞こえた。ヨウの声だ。

やはりヨウはここにいる。恐らくは放火魔も一緒に。

目の前にはホールへ続く観音開《かんのんびら》きの扉が。

――これは、二年前のあの場所から踏み出すための一歩だ。

桐也は愛銃のモデルガンをしっかりと握り、扉を乱暴に蹴破《けやぶ》った。

「……ヨウ！」

間髪入れずに銃を構え敵の姿を捉《とら》える。いつでも引き金を引けるように。

真っ先に桐也を襲ったのは強烈な焦げ臭さだった。

酷い有様だ。

ホール内は至る所が焦げ付いている。火事があったというより、このホールだけ度々小火《ぼや》に見舞われているような状態だった。

当然電気は通っていない。そのためホールは工事現場でよく見かける設置型ライトによって照らし出されている。

ホールの中心にいるのは――ヨウだ。

椅子《いす》に両手足を固定され、痩身《そうしん》の男に髪の毛を摑《つか》み上げられている。顔は恐怖と絶望に染め上げられているようだった。

――何をされた。ヨウの胸元から立ち上っている煙は何だ。

「桐也？　……桐也！」

ホール内にガタン、と椅子の動く音が響く。ヨウが動いたためだ。

瘦身の男は錆《さ》び付いたロボットのように振り向くと、桐也を見るなり見開いていた目を細めた。

間違いない。免許証で見た顔と同じだ。

風俗嬢のマフラーを燃やした男。

放火魔——廣世太希。

「あー、お前。見たことある顔だなあ。何て名前だったかな、あの女。確かお巡りさんに撃たれて死んだんだよなあ」

ホールが強い光に呑《の》み込まれる。

桐也と廣世の間に炎が浮かび上がり、一瞬にして消えてしまった。桐也が放った釘《くぎ》を、廣世が強い炎でもって燃やし尽くしたのだ。

自在に炎を使う能力。〈太陽の落涙《フラッシュ・オーバー》〉。

一瞬の炎とはいえ、金属を焼き尽くすなど相当の火力だ。羊の数が多いのか、あるいは少ない羊に相当な負担を強いているのか。

どうやら、答えは後者のようだった。

「やめなさい太希、能力を使うなと言っただろう！　さっさと刻印行動を済ませて——」

正面玄関の方から現れたのは、場に相応《ふさわ》しくないスーツ姿の男だ。

走り寄ってきた布垣浩一郎は、桐也の姿を見るが早いか顔を真っ青にした。

「なッ、斗一桐也！　死んだはずでは……」

「悪いな布垣。お前が差し向けたカミマチ構成員二人は返り討ちにした。契約は無効だ。ヨウを返して貰《もら》う」

「た、太希、お前は刻印行動を済ませてしまいなさい！　ドーリィ君、彼を殺したまえ！　追加の報酬ならいくらでも払う」

刻印行動。その言葉を耳にし、桐也はようやくヨウが何をされていたのかを理解した。

羽のペンダントが焦げ付いている。完全に燃え尽きているわけではなさそうだが、原形は留《とど》めていない。

所有物。

廣世はヨウの所有物を燃やして授与行動を達成するつもりだ。

「……承知いたしましたぞ、布垣氏ィ！」

妙な悪寒を覚え、桐也は咄嗟《とっさ》に身を逸《そ》らした。

桐也が立っていた場所に転がったのは、随分と生気の感じられない女――いや、人形だ。かなりリアルな造形だが目は常に見開かれて一点を見つめている。ラブドールと呼ばれる代物だろう。

――なぜそんなものが上から落ちてきた。

「〈形而上の花嫁《チャイルド・プレイ》〉！　行くがいいシャルロッテ、その力を存分に見せつけるのだ」

声はホールの壁際上部に沿って設置されている細長い通路――キャットウォークから聞こえてきた。

通路から桐也を見下ろしているのは丸いサングラスをかけた小太りの男だ。軍人のコスプレをしているがまるで様になっていない。

あの小太りの男こそがドーリィ。恐らくカミマチ構成員。

――〈形而上の花嫁《チャイルド・プレイ》〉。人形を操る能力か。

「我が寵姫《ちょうき》シャルロッテは美少女戦士ゆえ銃弾など効かぬ。さあシャルロッテ、敵を駆逐するのだ！」

人形はグググと起き上がり、映画でよく見るゾンビそのものの動きでもって桐也に近づいてくる。よく見ると両手の爪《つめ》は刃物になっているようだった。

脳天を撃ち抜いて死なないというのは厄介だ。

人形を操るためには何かしら条件があるはず。必ず弱点はある。

「……や、やだッ。やめて、燃やさないで！」

振り下ろされた人形の腕を受け止めるのと、ヨウの声が桐也の耳朶《じだ》を打つのはほとんど同時だった。

焦げ臭い臭《にお》いがする。

臭いの正体はすぐに分かった。

廣世がヨウのペンダントを燃やしている。弱い炎で、まるで炙《あぶ》るように。〈太陽の落涙《フラッシュ・オーバー》〉の授与行動を達成するためだ。

――人形の相手をしてる場合じゃない。

「邪、魔だッ……！　退《ど》けよこの人形野郎！」

桐也は、鉤爪《かぎづめ》を振りかぶって向かってきた人形の腹に容赦ない蹴りを叩《たた》き込んだ。

シャルロッテは派手に吹っ飛び、工事用設置ライトを一つ巻き込んで床を跳ねていく。しかし手応《てごた》えがない。まるでゴムボールを蹴ったような感覚だ。

シャルロッテが床に転がっている隙《すき》に桐也は走った。廣世の刻印行動を止めるために。

だが――。

「甘いぞ若造、我が配下がシャルロッテだけだと思ったか！」

ガクン、と桐也の体が蹌踉《よろ》めいた。

桐也の足下には、幼女が着せ替えをして遊ぶ人形が大量に張り付いている。人形の小さな手足は桐也の脚を容赦なく突き刺し、じわじわと膝《ひざ》の方まで這《は》い上がってきていた。

「よくやったメルボア連隊。さあシャルロッテ、敵を切り裂け！」

転がっていたシャルロッテが首を前に振って再起動する。

桐也は脚に絡みついている人形を蹴散らし、のぼってきた数体もはたき落とした。

直後、シャルロッテの鉤爪が桐也の肩口を抉《えぐ》る。

咄嗟に身を翻《ひるがえ》していなければ致命傷を受けていたかもしれない。深手にはならなかったものの、桐也の左肩から流れる血の量は決して少なくはなかった。

一方、シャルロッテは鏡で顔を確認し、顔に付着した返り血を一生懸命拭《ぬぐ》っている。

――何か、変だ。なぜ攻撃をやめた？

「よそ見とは良い度胸だ、若造ッ」

桐也がドーリィに視線を向けた刹那《せつな》、頭上から三十センチほどのビスクドールが三体降ってきた。ビスクドールの手には小振りのナイフが握られている。

ドーリィは一度に何体の人形を操れるというのか。

――長期戦は不利だ。放《ほう》っておけばどんどん人形が増える。

「ノエル少尉、クリス少尉、ジャンヌ少尉、シャルロッテの援護を！　敵を殲滅《せんめつ》せよッ」

ビスクドールは某映画の殺人人形のように、ナイフを掲《かか》げて桐也に近づいて来る。

桐也はデリンジャー型ライターで人形達を牽制《けんせい》しつつ、ゆっくりと後退していった。

――そう、デリンジャー、、、、、、。

愛銃のグロックは桐也の左手にある。銃把《じゅうは》と共に握り込んでいるのは五寸釘ではなく長いネジだ。

今、ヨウと放火魔の近くにはシャルロッテがいる。廣世も桐也の行動には注意を向けているだろう。

――今はまだ、タイミングが悪い。

「……おい人形使い。羊協専属羊飼いはどうした」

桐也の問いに対してドーリィ自身が反応したのか、人形達は一瞬動きを止めた。

「む、私に質問しているのか。時間稼ぎのつもりか？」

人形達が再び動き始める。

顔の血を拭い終わったのか、シャルロッテも上半身を左右に振りながら桐也に近づいてきた。

「質問に答える余裕すらないのか？　立派な格好をしてる割には小心者なんだな。それとも、まさか専属羊飼いを取り逃がしたのか」

「馬鹿を言うな。あの二人は我々カミマチが始末した。眼鏡の方は私が、もう片方はウェビー軍曹が。我々はクライアントからの依頼を絶対に遂行する」

「お前等《ら》ごときに羊協専属が殺せるわけないだろ」

「舐《な》めて貰っては困る。眼鏡の羊飼いはシャルロッテによって首を掻《か》き切られて死んだ。もう一人はウェビー氏の手によって首吊《くびつ》り死体となった。何も問題は無い。——貴様も、連中と同じようになる」

——本当だろうか。

犬貝はまだしも、伊織が死んだなどにわかには信じられなかった。蝶谷伊織はランクAの羊飼いだ。その伊織がカミマチ構成員——しかも、あの気持ち悪い蜘蛛《くも》男に殺されたなど。

——いや。蝶谷伊織が蜘蛛に負けるなど決してあり得ない。

「そこのデカい人形、返り血を拭うなんて本物の人間みたいだ。細かく命令を出してるわけでもないのにな」

突然何だというのか——ドーリィはそう言いたげに眉《まゆ》を顰《ひそ》めた。

一方で桐也はタイミングを計るかのように後退し続けている。

シャルロッテが廣世の側《そば》から移動した。

廣世も訝《いぶか》しげに桐也を見ている。

――今だ。

「時間稼ぎが見え見えだ、銃使い。そのような手に引っかかる私ではないぞ」

「そうか。残念だな。――もう十分稼げたからいいんだが」

桐也は目元に酷薄な笑みを浮かべた。

だが右手にあるデリンジャーが釘を放つことは無い。銃弾を放ったのは左手のグロックだ。

狙《ねら》ったのはドーリィ――ではなく、ヨウ。

ネジが撃ち落としたのはヨウの胸元にあるペンダントだった。

廣世の授与行動は〝相手の所有物を完全に燃やす〟というものだ。燃え尽きる前にペンダントを壊してしまえば授与行動は失敗に終わる。

これでもう、廣世が刻印行動を達成することはできない。

廣世は随分と狼狽《うろた》えている様子だった。何度も布垣に視線を置き、「どうしたらいい」と怒鳴りつけている。だが、息子同様に混乱している布垣が返事をすることはなかった。

「何と卑怯《ひきよう》な真似《まね》を！　許さん、成敗してくれる。――シャルロッテ！」

命令を受けたシャルロッテはビクビクと体を動かし、鉤爪を向けて桐也に襲いかかる。

一方、桐也はデリンジャーとグロックの両方を一旦《いったん》ホルスターに戻し、徒手でシャルロッテに向き合った。

撃っても意味が無い。

――まずは、敵を無力化するのが先だ。

シャルロッテは桐也に飛びかかり、負傷している左肩を強く掴んだ。左手の鉤爪は桐也の顔へと向けられている。だがギリギリの所でシャルロッテの左手は押さえられ、両者はつかみ合ったまま膠着状態《こうちやくじようたい》に陥った。

ビスクドールや着せ替え人形達が走ってくる。

この膠着状態。

これこそが狙いだ。

「……くたばれ、この人形野郎ッ！」

桐也はシャルロッテの足首を外側から引っかけ、その軽い体を床に引き倒した。警察学校で散々練習した技である。

シャルロッテは床に倒れた衝撃からか一瞬動きを止めた。

その隙に、桐也はシャルロッテの頭部を容赦なく蹴った。

頭部はジョイント式になっているようだ。蹴りを受けたシャルロッテの首はサッカーボールのように床を転がっていく。残ったのは、首から飛び出したジョイント用のボルトのみ。

桐也は転がっていったシャルロッテの顔に大量のネジを見舞った。

胴体と頭が分離し、顔面が穴だらけになったシャルロッテには、もはや美少女戦士らしさなど微塵《みじん》も残ってはいない。

シャルロッテは、完全に活動を停止した。

「なっ、シャルロッテ！」

ビスクドールや着せ替え人形も同様に、全身へ小さなネジを大量に浴びて活動を停止する。その綺麗《きれい》な顔面は見る影も無い。

「なんてことだ、結構な値段だったのに！　どうして顔を……」

グロックと釘を右手に持ち、桐也は未《いま》だキャットウォークから降りてこないドーリィを見上げた。

「人形それぞれに名前をつけているのを聞いてピンときた。お前、媒介《ばいかい》に設定を与えることで自律行動を可能にさせる能力者だろ。前に似たような奴《やつ》を始末したことがある」

「似たような奴、だと……！」

「そいつはぬいぐるみ一体一体に対して自作小説を書いてたよ。ぬいぐるみが設定と違う姿になったら動きを止めた。こいつらもそうなんだろ？　顔面穴だらけになったら、美少女戦士にはなれないもんな」

図星のようだ。

ドーリィは咄嗟に懐《ふところ》からノートを取り出し、何かを書き記そうとページを探している。

だが遅い。

ドーリィは額に五寸釘を打ち込まれ、ノートとペンを手にしたまま仰向《あおむ》けに倒れた。

一拍遅れてペンの転がる音がした。

□

「ねえパパ。あいつ殺そう。殺していいよね。あいつ殺すためなら力を使ってもいいでしょ」

廣世は目に安っぽい怒気を滲《にじ》ませ、ゆっくりと桐也に近づいていく。布垣が慌てて制したが耳に入っていない様子だ。

対する桐也は右手の指の間に釘を何本も挟み、グロックを廣世へと向けた。

「やめなさい太希、頼むからッ。あいつはパパがどうにかしておくから、お前は刻印行動を——」

「甘やかしすぎたっていうのは本当みたいだな。お前は大事な息子にこう言っておくべきだった。——羊を殺してはいけません、と」

布垣は息子を——廣世を何とか制止しつつ、わなわなと口を開閉させた。

目が落ちくぼみ、顔を蒼白《そうはく》にさせている様は痛々しさすら感じる。以前会った時よりもずっと憔悴《しょうすい》している様子だ。

「そう、だとも。羊を殺してはならない。だが仕方がなかったんだ。みんな壊れていく。息子に異様な執着を向ける。いずれは君のお姉さんのように、発狂して息子にナイフを向ける」

「だからカミマチと手を組んだのか。電気羊《エレキラム》を強奪するために」

「羊協は電気羊《エレキラム》を独占している。電気羊《エレキラム》と契約できるのは羊協専属だけだ。連中は、太希が毛無しに襲われようと一切関知しない！」

「当たり前だろ。むしろ、今まで始末されていなかったことの方が驚きだよ。さすがは羊対課課長様のご子息だな。――まあ、お前達の事情はどうでもいい。ヨウを返せ」

「こっちに来るな！　太希、早く刻印行動を達成しなさい。電気羊《エレキラム》さえ手に入ればいくらでも能力を使っていい」

布垣は息子をヨウの側まで移動させようとした。

だが廣世は応じない。桐也と対峙《たいじ》したまま不気味に小首を傾《かし》げている。見開かれた目は廣世が抱える狂気と渇きを表しているような気がした。

「そうだ、流音だよパパ。ようやく思い出した。結構可愛《かわい》かったから気に入ってたのにな……死んじゃったけど」

「姉さんはまだ死んでない。お前が代わりに死ね」

場が一瞬白い光に包まれる。

桐也の撃った釘は炎で焼かれ、焦げた鉄くずになって床に落下した。

「どうしてなんだろうなあ。何で僕の人生はこうなんだろう？　羊にしてもすぐおかしくなる。みんな面倒臭くなって、殺すとか言い出して。すっごくムカつくなあ。……燃やしたいなあ」

殺気が濃くなる。ヒリつくような殺気が。

ホールに設置してあったライトの内一つが、独りでにはじけ飛んで壊れた。

「殺したい、殺したい殺したい、全部燃やしたい！　そうしないと母さんが燃えてる夢がいつまでも消えないんだ。母さんを助けてあげられないんだ。だからお前も燃やすんだ、燃やす、燃やす、――燃えろッ」

桐也は、間一髪で避《よ》けた。

桐也がいた場所には凄《すさ》まじい火柱が立ち上っている。避けていなければ一瞬で火だるまになっていただろう。

もう睨《にら》み合っている時間は終わった。

――殺す。引き金を引く。ただそれだけでいい。

「やめろ、やめてくれ太希！　能力を使うのはやめなさい、頼むからッ」

布垣が全身から脂汗を滲ませ、痛々しい程の絶叫を上げている。

桐也が放った釘は全て炎によって撃ち落とされ、乾いた音を立てて床に落下した。

設置型ライトの一つが再びはじけ飛ぶ。場の殺気に耐えかねたかのように。ライトが二つ消失したことで、場は夕暮れ時のような薄暗さに支配された。

突如、床に転がっていた人形達が燃え上がる。

延焼する床から逃れつつ、桐也は飛んでくる火の玉を釘で撃ち落としていった。だが相当数の釘を使用しなければ炎をかき消せない。

長期戦に持ち込まれたら不利だ。

廣世を撃ち殺そうにも弾が燃やされてしまう。

「太希、一旦退いて……ああ太希、お願いだよ、これ以上はパパも」

突然、布垣はその場でよろめき頭を抱えた。

様子がおかしい。

全身がガタガタと震えているし、呼吸が荒い。顔面も蒼白だ。廣世が能力を使うようになってから、憔悴っぷりは顕著になった。

——まさか、布垣は。

「鬱陶《うっとう》しいなあ、さっさと燃えちゃえよ！」

突然、炎が桐也に覆い被《かぶ》さった。

背中——コートが燃えている。相当な火力だ。

桐也は慌ててコートを場に脱ぎ捨てた。大量の釘が床に散らばったが拾っている場合ではない。

釘やネジは瞬く間に炎に呑まれていく。

今ので相当数の弾を失った。

致命傷を与えられるだけの弾は残り少ない。

刹那、一際大きな光が辺りを支配した。

弾《はじ》けた火の玉が流星のように辺りへと降り注ぐ。一拍遅れて小さな鉄くずと化した弾が床に落下した。桐也が撃ったネジが。

やはり廣世には能力をセーブするという意思がないらしい。

弾は残り少ない。

——一《いち》か八《ばち》か。

「ほらどうした、もっと燃やせよ放火魔野郎。それともパパに怒られるのが嫌で能力を使えないのか？」

場に光が弾ける。連続して三度も。

廣世が放った火の玉は寸前の所で桐也に撃ち落とされ、花火のように弾けて消えた。

弾の数は釘があと三本。右手の指に挟んでいる分だけだ。

「それとももうガス欠か？　なら俺の勝ちだな。死ね、放火魔」

再び光が弾ける。連続してもう一度。

桐也の右手に残っている弾は、あと一本。

「お前こそもう弾が無いんだろ、だから挑発してるんだッ」

「その通りだ、俺が撃てるのはあと一発。これがなくなればもう弾が無い」

「は、はは。撃ってみろよ、弾切れになったお前を丸焼きにしてやる！」

廣世に銃口を向けたまま、桐也は横目で布垣の様子を確認した。

布垣の顔色は恐ろしく悪い。頭を抱えて震えている様はまるで薬物中毒者だ。口元は何度も「嫌だ」と繰り返している。

何に抵抗しているのか。考えるまでもない。

——もう一押しで布垣は毛無しになる。

「何だよ、撃たないのか。ならこうしてやる。ほら燃えろ、燃えちゃえ！」

火の玉が桐也へと放たれる。

最後の釘は火の玉と相討ちになり、床に落下した。

床に落ちた釘は全て炎に呑まれている。とてもじゃないが拾える状況に無い。

「はは、撃ったな。最後の一本を撃ったな。僕の勝ちだ！　お前はちょっとずつ燃やして殺してやる」

宣言通り苦しめて殺すつもりなのだろうか、炎は桐也の全身ではなく右足を襲った。

酸のような痛みが右足に走る。炎は燃え広がること無く、右足の一部分だけをひたすらに焼き、焦がし続けた。

——痛い。熱い。苦しい。……でも、姉さんはもっと苦しかったはずだ。

「……こんなクズ羊飼いに殺されたなんて被害者が浮かばれないな。大好きなママがあの世で泣いてるぞ」

火力が、増した。

左手も炎に包まれる。

視界が少し歪《ゆが》んできた。床が炎上しているせいで酸素が足りない。

ヨウの叫声《きょうせい》が随分遠くに聞こえる。

そんな中、布垣の声だけはやけにハッキリと聞こえた。

「やめ、てくれ……やめ、や、やめてくれええッ！」

刹那、ヨウが椅子ごと場に倒れた。布垣の振り回した腕が椅子にあたったのだ。

布垣は二年前の流音と同じく、奇声を上げて頭を振っている。

桐也は、布垣の様子を直視していられなかった。

「私は息子を殺したくない、発狂なんてしたくないんだあァァ！」

さすがの廣世も、父の突然の発狂に動揺したのだろう。慌てて布垣の元に駆け寄り、何とか抑えつけようとした。

だが、無駄だ。

毛無しになった人間を抑えることはできない。

精神を食い尽くされた羊は、本能のままに主人を殺す〝獣〟と化す。今まで羊として消費され続けていた存在が、最後の最後で牙《きば》を剝《む》くように。

「どうしたんだよ、落ち着いてよパパ！」

火力が少し弱まった。

辺りの空気が熱気でゆらめく中、布垣は頭を滅茶苦茶《めちゃくちゃ》にかき回して暴れている。

「助けてくれっ、助けで。毛無しになりたく、ない。私はあアアッ」

「パパ、もう少し我慢してよ。あいつを殺すから！　殺したら、電気羊《エレキラム》を」

「――私は、羊なんかじゃ、ない」

それは、一瞬の出来事だった。

炎の中、真っ赤な血が辺りに降り注ぐ。

布垣は万年筆を自分の首に突き刺し、一切の躊躇《ためら》いなく皮膚を切り裂いたのだ。

ドッ、と膝から頽《くずお》れる音。

布垣の首から噴き出す大量の血は、床に広がった炎に触れて直《す》ぐさま蒸発していく。布垣の体はしばらくの間血を噴き続けた後、ぐらりと場に倒れた。

「嘘だ、何でだよ！　パパがいないと、僕はまたあの夢を――」

続きは紡《つむ》がれなかった。自身に銃口が向いていることを理解したからだ。

廣世は恐怖と動揺に口を開閉させ、じりじりと後退した。だが布垣の体――いや、死体に足をとられ、その上に尻餅《しりもち》をついた。

炎が、消えた。

床やライトは未《いま》だに燻《くすぶ》っているものの、桐也を苛《さいな》む火は綺麗に消え去っている。残ったのは痛々しい火傷《やけど》の痕《あと》だけだ。

やはり布垣が最後の羊だったのだろう。むしろたった一人でよくここまで保《も》ったものだ。布垣の精神力が余程強靱《きょうじん》だったということか。

だが、布垣はもういない。毛無しになる前に自ら命を絶った。

桐也は真《ま》っ直《す》ぐに銃を構え、廣世を見据えた。

「は、はは……。弾がないんだろ、なら撃てないよな」

廣世は父親の死体の上に尻餅をついたまま乾いた笑いを漏らしている。状況に絶望しているが故の笑みか、あるいは純粋に桐也を嘲笑《あざわら》っているのか。

確かに桐也はもう釘を持っていない。床にはまだ使えそうな釘が残っているが、拾っている間に廣世は逃げるだろう。

だが――。

「この一瞬のためにこれを手に入れた。とんでもない大金をはたいて」

廣世の笑い声が止まった。

勿論廣世は気づいていない。桐也が手にしている銃がグロックではなくS&W M39だということに。

二年間ずっとしまい込んでいたのは、裏ルートから無理矢理に入手した銃だ。サバイバルゲームショップに売っているモデルガンとはワケが違う。

だからこそ冷蔵庫に隠していた。見つかれば銃刀法違反で逮捕されるからこそ。

桐也が今手にしているのは――。

「これは、二年前姉さんを撃った銃だ」

引き金は引かれた。

廣世は額の真ん中に銃弾を食らい、一拍おいた後床に倒れた。

□

桐也は満身創痍《そうい》だった。

左肩から出血しているし、右脚と左手の火傷が酷い。動かそうとする度、まずい類《たぐい》の痛みが全身を駆け抜けていく。

ぼやける視界の中、桐也は動かなくなった廣世の体を見つめていた。父親の死体の上で大の字になっている放火魔の姿を。

――ようやく終わった。

「桐也……！」

声が聞こえた。ヨウだ。

ヨウは脚の拘束を解《と》こうとしている。どうやら両手は自由になっているようだ。椅子が転倒した衝撃で手の拘束が解けたのかもしれない。

桐也は体を無理矢理に引きずってヨウへと歩を進めた。

ようやく拘束を解いたヨウも、つんのめりながら桐也の元へと駆け寄る。

だが、その細い指先が桐也に触れることはなかった。

「ううん感動的ィ！　そんな感動シーンをぶち壊す私はとんでもない外道ですな」

ヨウの体が宙に浮く。

――違う、何かに吊り上げられている。

一瞬のうちにヨウを捕らえたのは白い糸だ。蜘蛛のそれを思わせる糸がヨウの首に巻き付き、暴れる体をどんどん上へと引き上げている。ヨウの喉《のど》から漏れる擦過音《さつかおん》が痛々しい。

糸の先。キャットウォークにいるのは――。

「いやあ実に申し訳ない、ですがこれも仕事で御座いまして。どうか恨まないで頂きたい。無理だとは思いますがねェ！」

以前石狩の廃倉庫で遭遇した、蜘蛛男。

「はい、電気羊《エレキラム》ゲット。いやはや漁夫《ぎょふ》の利《り》。ですが我々の当初の目的はコレでしたので、作戦成功と言うべきで御座いますかね」

蜘蛛男は引き上げたヨウを盾にし、じりじりとキャットウォークを移動していった。

首を絞められたためかヨウは気を失っている。蜘蛛男の細長い腕に抱きしめられても身じろぎ一つしない。

蜘蛛男は二階フロアへと逃げる気だ。あるいは天井部分に開いた穴から外に出るつもりか。

——逃がすわけにはいかない。だが……。

「おっと撃てますか？　この電気羊《エレキラム》に当たりますよ？　それにその足。そんなんじゃ私を追うことはできませんねェ。悪いことは言いませんから大人しくしていらっしゃい」

蜘蛛男を捉える銃口は、笑ってしまいたくなるほど震えていた。

——手に力が入らない。引き金を引けるかどうかも怪しい。

「ふざけるな。今ここで死ね変態野郎！」

「おっと怖ァい！　いやあもうホント、あなたが電気羊《エレキラム》を拾ったのは大誤算でした。本当は護送車を襲って電気羊《エレキラム》をゲットして終わるはずだったのに。まーさかこんなドラマ的展開になるなんてッ。廣世氏を焚《た》きつけたのは正解でしたなあ」

「全部お前等の計画の内か。廣世が二年ぶりに能力を使ったのも」

「その通りイィ！　ピンポンピンポンポン大正解！　廣世氏が能力を使うようになれば、布垣氏が焦りますからなあ。布垣氏が電気羊《エレキラム》を欲しがるのは当然のこと。追い詰められた彼は我々に護送ルートや警備の情報を流し、電気羊《エレキラム》の奪取を依頼したというわけです。護送しているものが何なのかは明かさずにね。ま、バレてましたけど！」

挑発のつもりだろうか、蜘蛛男は細長い腕でヨウに絡みつき、ねっとりと頬《ほお》ずりまでしてみせた。

「前金は貰ってましたし、護送車ごと電気羊《エレキラム》を頂いてしまうつもりだったのですが……とんだ邪魔が入りましたよ。あなたという邪魔がね。今だって本当はあなたが焼き殺された後で、ゆっくり電気羊《エレキラム》を横取りするつもりだったんですよ？　なのにあなたは生きてらっしゃる。私に銃を向けてらっしゃる！　代わりに金づる……おっと失礼、クライアントが死んでいるという事態。──全く忌々《いまいま》しい」

べらべらと喋《しゃべ》りながらも蜘蛛男は着実に桐也から離れていく。

──この距離から当てられるだろうか。

能力を使えばまだ当てられる。だが桐也が今手にしているのは実銃だ。命中精度を能力で補強することはできない。

このままではヨウがカミマチに連れ去られてしまう。

──どうする。どうしたらいい。

「やめておきなさい、ミスタ・ガンナー。二度も大事な人を撃ちたくないでしょう。それともまた正義のために一人を犠牲にしますか？　できますかァ、あなたにイィ！」

耳障りな笑い声がホールに響き渡った。

蜘蛛男が手にしていた水鉄砲がぴゅっと白い糸を放つ。伸びている先は天井の穴だ。

「はい、残念時間切れ！　電気羊《エレキラム》は私が頂きます。ああ、どうぞご安心を。後日あなたを殺しに行く時は、これを羊として侍《はべ》らせておきますから――」

ふと、虫の羽音が聞こえた。

桐也が羽音の正体に気づくのと、蜘蛛男の顔に黒い点が生じるのは同時だった。

「痛ッ、顔が痛い！　何ですこれ。何か変……」

「――〈這いずり寄る者ども《バーミン・セラピー》〉」

蜘蛛男の顔にはどんどん黒い点が発生し、その穴から何かが零《こぼ》れていく。顔だけじゃない。首も手も、全身の至る所からだ。皮膚の内側から黒い何かが湧《わ》き出している。

――虫だ。

蜘蛛男の体内から虫が食い破って出てきている。この季節には不釣り合いな大量の虫が。ヨウを捕らえていた細長い腕も見る見るうちに食い尽くされ、ヨウの体はふわりと宙に投げ出された。

桐也は無理矢理に体を動かし、落下してきたヨウを間一髪で受け止める。

腕に抱えたヨウの体は恐ろしく軽かった。

「うぞでしょう！　私が虫に、やられる、なんて……。一体どこの、羊、がい――」

蜘蛛男がキャットウォークで暴れ回っている。その様は殺虫剤を吹きかけられた虫のようで酷く気持ちが悪い。

蜘蛛男はいつしか言葉の代わりに虫を吐き出すようになり、そのままキャットウォークの柵《さく》にもたれ掛かる形で絶命した。

蜘蛛男を食い尽くした虫たちは一瞬動きを止める。だが次の瞬間には、示し合わせたかのように桐也へ視線を向けた。

次はお前だと言わんばかりに。

「く、そっ……！」

桐也はヨウを抱えて走った。

火傷を負った右脚が悲鳴をあげている。

背後から聞こえてくるのは耳を覆いたくなるような雑音だ。振り返ったが最後、何もかもを諦《あきら》めて〝穴あき〟になる未来を受け入れることになるだろう。

ぶんぶんと耳障りな音が止《や》まない。背後から何かが迫っている。

やっとの思いでホールの外へと出た。

だが、桐也はそれ以上歩を進めることができなかった。

「……伊織」

廊下の真ん中で幽鬼のように佇《たたず》んでいたのは蝶谷伊織だ。

辺りはぞっとするようなざわめきに支配されている。

「間一髪、間に合って良かったよ。電気羊《エレキラム》がカミマチの手に渡るところだった」

伊織は随分と軽い調子で笑ってみせた。

たった今無惨に死亡した蜘蛛男のことなど気にも留めていない。思わぬ所で友人と会えて嬉《うれ》しい、と言わんばかりの表情だ。

一方で、桐也は愛想笑いすら浮かべられず、静かに生唾《なまつば》を飲み込んだ。

「生きてたんだな。……今のこの状況だと、素直には喜べないが」

「正直、死んだと思ったよ。でも蜘蛛男さんったら結構詰めが甘くてね。大して確かめもせずに死んだって判断してくれたんだ。実際には蜘蛛毒で仮死状態になってたんだけど」

桐也はヨウを抱えたまま一歩後退した。

――逃げられるか。いや、無理だ。

足も満足に動かないし、視界もぼやけている。ヨウを抱えて走るなど到底不可能だ。しかも相手はAランクアタッカー、蝶谷伊織。逃げ切れる相手ではない。

「多分俺は今ここでキィくんを殺すべきなんだろうね。キィくんは頑固だからきっと雷気羊《エレキラム》を引き渡してはくれない。だから羊協はこう言うはずだ。――抵抗するようなら対象を終了処理にしろ、って」

桐也は銃を持つ右手に最後の力を込めた。銃把からギリッと軋《きし》む音が漏れるほど、強く。

刹那、背後のざわめきが大きくなった。

「ああ、俺を撃つなんて考えないで。もし銃を向けられたら、俺は本当にキィくんを殺さないとならなくなる」

「どのみち大人しく帰すつもりはないんだろ？　お前が予想してた通り、俺はヨウを引き渡す気なんてないぞ。頑固だからな」

「……だよね。そう言うと思ってた」

伊織は今にも泣き出しそうな子供のように唇を噛《か》んだ。その表情とは裏腹に場の不穏さはどんどん濃度を増す。

――囲まれている。

目に見えないが、至る所に何かの気配がある。少しでも下手な動きをすれば直ぐさま攻撃が始まるだろう。

逃げ場はない。逃げる手段も。

巣の中に落ちた獲物のように、ただ食い尽くされるのを待つほか無い。

「……お前の能力だけは食らいたくないと思ってたよ、伊織」

伊織は桐也から視線を逸《そ》らし、自嘲《じちょう》気味に笑った。

「前も言ってたね。というか、よく言ってるよね。グロテスクな能力って自覚はあるよ。その分トラウマも酷くて。ちなみに、話したことあるのはキィくんだけ。羊協の人は知ってるけど」

伊織の過去。

十二歳の時に父親の死体と一週間共に過ごしたという話だ。死体には虫が湧き部屋の中は虫だらけになっていたが、伊織は父親と離れたくない一心で虫たちと共に過ごし続けた。

――哀れだと思う。

その後の境遇も含めて、蝶谷伊織という男はあまりに過酷な人生を送ってきた。

だからこそ能力も強かった。羊協専属である以上一定量の羊が保証されるため、能力使用を制限する必要もない。

「そう、羊協。……何であの人達って、人の心とかそういうの、理解できないんだろうなあ」

伊織は突然溜息《ためいき》を漏らし、ゆるゆると頭を振って桐也を見た。

「ねえキィくん。電気羊《エレキラム》って、どうやって生み出されるか知ってる？」

「……いきなり何だよ」

「ちょっと話しておきたくて。電気羊《エレキラム》ってね、毛無しになった羊の卵子から作られるんだって。卵子を取り出して、体外で受精させて、人為的に成長させる。その過程で感情を抑制して、羊として従順になるよう調整していくんだ」

「それが、どうした。何で今その話をする」

「何だかキィくんが羨《うらや》ましくて。君の唯一の家族はまだ君のために命を繋《つな》いでる。多分君のことが大事で、大切で、君のことを見守っているんだと思う。――その電気羊《エレキラム》と一緒に」

伊織の言う〝唯一の家族〟とは恐らく流音のことを指しているのだろう。

だが、なぜ流音の話をするのか。

毛無しになった羊と、電気羊《エレキラム》。流音とヨウ。

何の関係もないはず。

――いや……まさか。

「俺の父さんは一週間でぐちゃぐちゃになって、連れて行かれて、そのまま帰ってこなかったよ。

俺は多分愛されてなかったんだと思う」

伊織が寂しげに笑ったのと同時に、場から一切の「音」が消えた。至る所で聞こえていた羽音や這いずるような音が。

ふと、伊織の指先に一匹の蜂《はち》が止まる。

その蜂は羽を少し揺らしてから伊織のケープの中に戻っていった。

「……見逃して、くれるのか」

伊織は一瞬逡巡《しゅんじゅん》した後、頷《うなず》いた。

父親の死体と過ごした時から何も成長していないような、あどけない笑みを浮かべて。

「何でだ、何で見逃す。俺を見逃すってことは、羊協に逆らうってことだぞ」

「知ってるよ。もしかしたら怒られちゃうかもね。……でも、俺にだって許容できないことくらいある」

伊織は静かに目を細め、桐也に――いや、ヨウに視線を置いた。

「その電気羊《エレキラム》とね、契約しろって言われたんだ。元々契約する予定だった犬貝さんが死んじゃったから、順番的に次は俺なんだって」

「羊協からの命令か」

「うん。羊協は俺とキィくんが知り合いだって知ってるのかな。知ってた所で気にしないだろうけどね。事務的だから、羊協は」

伊織にしては珍しく、やけに皮肉っぽい口吻《こうふん》だ。桐也が以前口にした言葉を覚えていたのだろう。

「俺は嫌だよ。友達を殺して、友達が命がけで守った人を奪い取って、何食わぬ顔で生きていくなんて。そんなの人間のすることじゃない」

「でも羊飼いとしては正しい生き方だ」

「そうだね。羊飼いならきっとそうすべきだ。──でも俺は、少なくともキィくんの前では人間でいたいよ」

「どうして」

「キィくんは、初めて出来た人間の友達だから」

しん、とした。

静寂の中、伊織はやはり笑っている。たった今自分が口にしたことの「重さ」など微塵も理解していない。

人間の友達。──つまり、虫以外の友達ということだ。

桐也は伊織が抱える闇《やみ》の深さに、ただ唇を噛むことしかできなかった。

「それに実はちょっとした悪巧みがあって。上手《うま》くいくかは分からないけどやってみる価値はある。こう見えて俺、研究所の人には気に入られてるからね」

「何だよ、悪巧みって」

「それはそれとして、俺食べに行きたいパンケーキ屋さんがあるんだ。狸小路五丁目に新しく出来たんだけど。一緒に行ってくれる？」

桐也は露骨に眉を顰めた。

伊織が何を考えているのかさっぱり読めない。話もあちこちに飛んでいるし、まるで伊織の独り言をずっと聞いているかのようだ。

ただ、一つだけ分かることがある。

伊織は自分の身に危険が及ぶことすら承知で友人を助けた。唯一「友達」と呼べる存在を。

羊飼いが蔓延《はびこ》るこの街において、友情などいつ崩れ去るかも分からないものなのに。

「パンケーキは……三十手前の男二人で行くのはキツいだろ。寿司《すし》にしてくれ」

伊織は満面の笑みを浮かべ、頷いた。

「お寿司か。いいよ、じゃあお寿司ね。楽しみにしてるから」

「なあ、伊織」

「なに?」

「……ありがとな」

伊織は返答はせず、筋張った手でピースサインを作るが早いか、場から立ち去っていった。

□

雪が降っている。

桐也が歩いているのは信号もほとんど無い道だ。近くには豊平川が流れており、静かな水の音が聞こえる。住宅街の中であるため、プロジェクション・サインのギラギラとした光に目を細める必要もなかった。

静かな夜だ。

まだ十時前だというのに、街は静まりかえっている。まるでこの世に桐也とヨウの二人だけが取り残されたかのように。

桐也はヨウを背負い、暗い夜道をゆっくりと歩いていた。

家に帰るまでもう少しかかるだろう。タクシーでも拾いたいところだが、目に見えて負傷している男を黙って乗せてくれる運転手が果たしているのかどうか。家ではなく病院に連れて行かれる可能性が高い。

とぼとぼと歩きながら、桐也はずっと伊織が言ったことについて考えていた。

電気羊《エレキラム》は毛無しになった女の卵子から生み出される。

——まさか、そうなのか。

流音に顔がよく似ているこの子供は。

生まれてからまだ二年しか経《た》っていないこの少女は、流音の……。

「ん……。きり、や？」

もぞ、と桐也の背中で動くものがあった。ヨウが目を覚ましたのだろう。

ヨウはしばらくの間大人しく背負われていたが、自分の左腕が赤黒く染まっていることに気づき、慌てて背中から降りようとした。

「桐也、血……！　肩から血出てる」

「ああもう、暴れるな。もうちょっとで家つくから大人しくしてろ」

「でも！」

「でもじゃない。それともお前が俺のこと背負ってくれるのか？　正直歩くのもキツくなってきた。目眩《めまい》もするし。あと数歩歩いたら出血多量で死ぬかもしれないな」

桐也の耳元でひゅっと悲鳴にも似た呼吸音が聞こえた。

ヨウは途端に暴れるのを止め、震える手で桐也の服を摑んでいる。どんな表情をしているのかは分からないが、顔面蒼白であることは何となく分かった。

「冗談だ。真に受けるなよ。……大人しく背負われてろ」

ヨウの口から返答が紡がれることはなかった。が、桐也の背中から降りようとして暴れることもなかった。

遠くで車の行き交う音がする。夜の米里《よねさと》通は比較的交通量が多く、旧型の自動車やトラックがよく走っている。白石区と呼ばれる札幌中東部のエリアには、札幌がこうなる前の雰囲気がまだ残っていた。

ふと、ヨウの手が再び桐也の服を強く握る。

桐也にしがみつくように。

「あの羽を壊しちゃった。桐也の大事なものだったのに」

――羽。流音のペンダントのことだろうか。

木で出来たあのペンダントは戦いのさなかに廣世の炎に吞まれ、跡形もなく消失した。もう欠片《かけら》すらこの世には残っていない。

流音が遺《のこ》した唯一のもの。

桐也を〝桐也〟としてこの世に繋ぎ止めていたもの。

あのペンダントはある意味で、桐也にとっての楔《くさび》だった。

「いいんだ」

けれど、もう何かにしがみつく必要はないから。

「……もう、いいんだ」

その一声は、静まりかえった雪夜に溶けて消えた。

息が白く染まる。

どれだけ技術が発達しても、人間はまだ冬の寒さを克服することができない。札幌の街には依然として雪が降るし、一月になれば辺りは白く染まる。

流音を撃ってから、三度目の冬が来る。

「桐也、どうしてヨウを迎えにきてくれたの」

ヨウの声は珍しく語尾が震えていた。不安、という感情が滲んだ声だ。

「桐也は、怖いって言ってた。ヨウと一緒にいるのが。一人じゃなくなるのが怖いって」

「そうだな。そう言った」

「もう怖くないの?」

「怖いよ」

「なら、どうして」

桐也は何がおかしいのか、ふっと鼻を鳴らして笑った。

「……あの映画」

「映画？　今映画館で上映してるやつ？」

「そう。お前と一緒に観《み》るって言った映画だ。……こんなことが理由なんて、自分でも馬鹿馬鹿しいと思うよ。思うけど」

「うん」

「結構気になってたんだ、アレ」

返事は無かった。

しばらくの静寂が両者の間を流れていった後、ヨウはただ一言、

「そっか」

そう口にして、桐也の肩口に顔を埋《うず》めた。

6

黒い羊〈BLACK SHEEP〉

パリポリと小気味いい音が鳴り止《や》まない。

ヨウは先ほどから野菜スティックを凄《すさ》まじい速度で貪《むさぼ》っている。

今の時間は夜の八時なので菓子の類《たぐい》を食べさせるのはよろしくない。健康面でも、休重の面でも。纏は菓子を買ってくると言ったが、桐也があえて「野菜スティックにしてくれ」とお願いした。ヨウは食べ物を与えると無限に食べ続けるからだ。

桐也は先ほどから端末機《T・C》の画面と睨《にら》み合い、一生懸命に文章を入力している。

勿論《もちろん》ヨウは面白くなかった。

野菜スティックを貪っているヨウは若干拗《す》ねた顔をしている。そんなヨウを眺めている纏はどこまでも楽しそうだった。

廃パチンコ店での一件から丸二日。

アパートの損傷はガス爆発によるものということで片がつき、桐也はあろうことか纏が住んでいるアパートの空き部屋へ入居することになった。

まだ使えそうな調度品は持って来たが、爆発に巻き込まれたものは全《すべ》て処分したので部屋は酷《ひど》く殺風景だ。段ボールを机代わりにして酒を呑《の》んでいるなどあまりに惨《みじ》めである。

ここ二日間は引っ越しや聴取、通院などで慌《あわ》ただしかった。

一番拘束時間が長かったのは病院だ。

桐也の火傷《やけど》はあと少しで神経がやられてしまうほどの重傷だったそうで、医者にこっぴどく叱《しか》られる結果となった。

今思えば羊協と提携している病院に行けば良かったのだが、ヨウを抱えている後ろめたさからか一般の病院に行ってしまったのだ。普通の日常を送っている人間が右足と左手だけに重度の火傷を負うなどまずあり得ないため、医者は随分と驚いた様子だった。

今は色々なことが一段落している。

そろそろ、先のことを考え出してもいい頃合《ころあ》いだ。

「桐也、端末機《T・C》ばっかり見てる。せっかく纏が来てるのに」

野菜スティックを空にしたのか、ヨウは軽く頬《ほお》を膨らませた。追加の野菜スティックを与えたらすぐにそちらへ集中したが。

「ヨウちゃん、そういう時は浮気だって言ってやったらいいわよ」

「浮気……それ知ってる。映画で見た。妻のいる男の人が、別の女の人とお酒を呑むこと」

「んー惜しい。それも浮気だけど、桐也がヨウちゃんほったらかして端末機《T・C》ばっかり見てるのも浮気よ」

「そうなんだ。分かった。桐也、浮気してる。よくない」

――また余計なことを覚えて。

器用に文章を入力しながら桐也は忌々《いまいま》しげな視線をヨウに向けた。

「何が浮気だ。お望みなら本気の浮気を見せてやろうか。一週間家に帰ってこないぞ」

「やだ。絶対やだ」

「あと今メッセージのやり取りしてるのは女じゃなくて伊織だ」

「伊織。桐也のお友達。虫の人」

――虫の人という覚え方はどうなのか。間違ってはいないが。

「纏、ヨウの相手してくれ。俺は今忙しい。伊織と本気の駆け引きをしてる」

「何よ、冷たいわね。駆け引きって何のことよ」

「寿司《すし》奢《おご》れって言われてるんだ、伊織から」

「奢ったらいいじゃない」

「あいつ、よりにもよって回らない寿司食いたいって言い出してるんだよ。何が回らない寿司だ。カップラーメンに甘味料いれる味音痴のくせに」

そう、蝶谷伊織の味覚は壊滅的なのだ。

ハンバーグに蜂蜜《はちみつ》をかけるし、味噌《みそ》汁《しる》にジャムを入れる。蕎麦《そば》つゆにガムシロップを入れていたこともあった。

「伊織君が糖尿病予備軍という話はこの際置いておくとして。別に良いじゃないのよ、回らなくても。賞金稼いでるんでしょ？」

「俺《おれ》の稼いだ金は、味音痴の奴《やつ》に回らない寿司を体験させるためにあるわけじゃない」

そう言っている間にも端末機《T・C》の画面には泣いている青虫のイラストが連続で表示されていた。

向こうも引くつもりがないらしい。最終的に〝回りはするが金額は高い寿司屋〟あたりで落ち着くだろう。すすきのに何軒かあったはずだ。

伊織が「悪巧みがある」と言って立ち去ってから一日。桐也の端末機《T・C》には羊協からの伝達事項が一通届いた。

登録番号〈S18477〉斗一桐也様

この度はカミマチ構成員三名の排除、及び電気羊《エレキラム》強奪事件の迅速な解決にご協力頂き、ありがとうございました。カミマチ構成員三名は身元確認の結果、賞金首登録済みの羊飼いであることが確認できましたので、後日報酬をお振り込み致します。

今回簾舞《みすまい》研究所から強奪された電気羊《エレキラム》RAM－483Tmにつきましては、斗一様との契約が済んでいるとのことでしたので、斗一様に付与される運びとなりました。

電気羊《エレキラム》につきましてご不明な点など御座いましたら、当協会コールセンター、もしくは簾舞研究所第一研究室までご連絡ください。

今後とも、どうぞよろしくお願い致します。

メッセージの文面を見たとき、桐也は言葉を失った。

カミマチ構成員三人の賞金が入ることも驚いた。だが問題はそこではない。

――斗一様との契約が済んでいるとのことでしたので、斗一様に付与される運びとなりました。

桐也は何度も何度もその一文を読み返した。自分の目が、あるいは頭がおかしくなったのかとさえ思った。

その後伊織から話を聞いたところによると、契約が済んでいるという羊協側の認識は伊織の虚偽報告によるものらしい。伊織は「電気羊《エレキラム》は斗一桐也の所有物になった」と上層部に報告し、もう一つ重要な情報を付け加えた。

電気羊《エレキラム》RAM－483Tmは感情を発達させ、泣くという情緒行動にまで至った。

伊織が企《たくら》んでいたのはこの部分だった。

電気羊《エレキラム》を生み出し、研究している連中はこう考えたらしい。「電気羊《エレキラム》が毛無しになったら、果たして何が起きるのか」と。

電気羊《エレキラム》は感情を抑制されているが故に毛無しにならない存在だ。だが電気羊《エレキラム》の感情を発達させ精神を消耗させれば、毛無しになる可能性は十二分にある。研究所側はそのデータをまだもっていなかった。

つまり桐也は実験台にされたのだ。

電気羊《エレキラム》を毛無しにさせる、という実験台に。

だがあいにく桐也はまだヨウと契約していない。ヨウは誰《だれ》の羊でもない〝電気羊《エレキラム》〟として、感情を発達させている。この先ずっと、桐也がヨウを羊にすることはないだろう。

——これからどうするのか。

ヨウがこの先どう成長していくかは分からない。二年で急成長したこの生命は、果たしてあとどれくらいの間生きていられるのか。十三、四歳のままで成長が止まるかもしれないし、どんどん老いていくかもしれない。

それに、ヨウは未《いま》だに留守番が出来ない。電気羊《エレキラム》としての習性を残しているヨウは、桐也の羊達に対して激しい嫉妬《しっと》を向けるし、桐也と離ればなれになることを嫌がる。今まで通りの生活は送れないだろう。

だが、もう決めたことだ。

ヨウを側《そば》に置く。ヨウを育てる。

——電気羊《エレキラム》ではなく、一人の人間になるまで。

「にしても、羊対課課長が放火魔の父親だったとはねえ。しかも羊協の顧問だったなんて。何が独立した組織よ。羊協とズブズブじゃない。考えたら腹立ってきた」

纏は怒りに任せて枝豆を何粒も口の中に放《ほう》った。

「姉さんの件が隠蔽《いんぺい》されたのも不自然だったしな。顧問って立場を利用してあれこれ手を回してたんだろ。羊対課の連中は今頃お通夜《つや》ムードだぞ、きっと」

「羊協上層部もカンカンに怒ってるでしょうね。布垣の思惑に気づかなかったのかしら。ホントそういうとこのんびりしてるっていうか、事なかれ主義っていうか」

「連中は運営する側であって、現場のことは基本羊対課や俺たち登録羊飼いの仕事だからな。その結果がこれだ。秘密結社気取って警察に一杯食わされるとか笑い話だぞ」

「あー、悪い顔。電気羊《エレキラム》一人くすねちゃう羊飼いは言うことが違うわね」

枝豆を食べながらビールを呷《あお》ってる纏は親父《おやじ》そのものだ。

纏としてもまだ心の整理がつかないのだろう。酒を飲むペースが速いのは複雑な心境を押し殺すためだ。

放火魔は死んだ。

流音を羊にした犯人はようやく消え去った。

だが流音が目を覚ますことは無い。そもそも放火魔の羊が布垣一人だった時点で、流音は精神的に死んでいたのだ。目覚める見込みがあるのなら放火魔の羊として数えられていたはず。

何かが変わるわけではなかった。

ただ殺人犯が一人死んだというだけ。

流音の〝死〟を受け入れる代わりに手に入ったのは、流音によく似た二歳児の少女。

それはそれで奇妙な話だ。

まるで、流音が桐也のために何かを遺《のこ》したかのような。

「クソ、結構高い寿司屋に決められた。何なんだよあいつ寿司の味分かるのかよ」

桐也は蟠《わだかま》った思考を無理矢理打ち消すために、わざと大きな独り言を口にした。

ヨウが興味深そうに「おすし」と何度か呟《つぶや》いている。食べたがっている顔だ。

「いいじゃない味が分からなくても。パンケーキ行くか高いお寿司行くかって言われたら、お寿司でしょ。三十前の男二人でパンケーキはちょっと……アレよ。警察呼ばれるやつよ」

「いや警察はないだろ。何でだよ」

「あなたたち目つき悪いからねえ……。ま、お礼なんだから奢ったげなさい、お寿司。ついでに私とヨウちゃんにも奢んなさい」

「断る」

纏がいらぬことを言ったせいで、ヨウの寿司に対する興味が余計に増したようだった。

普段真っ黒なヨウの目だが今ばかりはキラキラ輝いているように見える。なぜヨウはこうも食い意地が張っているのか。

「桐也、お寿司美味《おい》しいの？　回るの？　回るお寿司食べてみたい」

「その内な」

「その内って？」

「その内はその内だ。お前が八時間以上留守番できるようになったら」

「分かった。頑張る。片付けもメシも頑張る。あとね、纏にお洋服買って貰《もら》う。そうしたら、桐也とでーとするの」

「それ誰に教えてもらった」

「纏」

「おい纏、余計なこと教えんな」

纏は態《わざ》とらしく口笛を吹いている。今時お茶を濁すために口笛を吹く人間がいるとは。

――ああ、何だか馬鹿らしい。……けれど嫌じゃない馬鹿らしさだ。

二年間ずっと憎悪を抱き続けていた。今も消えない。一生消えることは無い。

引き金を引いた後、きっと抜け殻になってしまうのだろうと思っていた。全てどうでもよくなって、生きる気力すら失って、自分のこめかみへ引き金を引くのだろう、と。

今も厭世的《えんせいてき》であることは変わっていない。

目的もないただの賞金稼ぎ。

羊を集めて、毛無しに怯《おび》えながら能力を使って、人を殺して金を稼ぐ日々。

――それでもいい。

そう思えるくらいには、肩の荷が下りたのかもしれない。

「桐也」

ふと、ヨウが顔を覗《のぞ》き込んできた。

「何だよ」

「野菜すてっく、美味しい。沢山食べたい」

「スティックな。……野菜にはそれほどカロリーは無いが、そのソースみたいなヤツにはそこそこ塩分とカロリーあるからな。食い過ぎるなよ」

「桐也」

「だから何だよ。おかわりか？　まだそれ無くなってないだろ」

「側にいさせてくれてありがとう。――大好きだよ」

完全に、不意打ちを食らった。

桐也の喉《のど》は何か言葉を吐き出そうとしたが叶《かな》わず、「え」と良く分からない音を漏らすだけに終わってしまった。むしろ顔が少し赤い。今まで何人もの女を落としてきた余裕はどこへ消えたのか。

纏が目を三日月に歪《ゆが》めてニヤニヤと笑んでいる。

「いきなり、どうしたんだよ。ご機嫌とったら食べ物が出てくるなんて考えるなよ。俺はその辺甘くないからな」

「ただ思ったから言っただけ。でも桐也の顔がちょっと赤いから、何だかおかしい。――ふふ、変なの」

ヨウが、笑った。

自然な笑みだ。ぎこちなさは一切感じられない。

――初めて見る表情。

「はあ……。俺は多分、完全に道を踏み外したんだろうな」

桐也は自嘲《じちょう》と諦観《ていかん》が目一杯に詰まった溜息《ためいき》を吐き出す。

一方で状況を理解していないヨウは小首を傾《かし》げるばかりだ。きょとんとしたままひたすらに野菜スティックを頬張《ほおば》っている。頬を目一杯に膨らませて。

流音に似た顔。人形めいた顔立ち。

だが今のヨウは以前に比べ、驚く程人間臭い顔をしていた。

本書は第11回角川春樹小説賞受賞作品です。

著者略歴

柿本みづほ（かきもと・みづほ）
1991年生まれ。北星学園大学文学部心理・応用コミュニケーション学科卒業。本書にて第11回角川春樹小説賞を受賞しデビュー。北海道札幌市在住。

Kadokawa Haruki Corporation

柿本みづほ

ブラックシープ・キーパー

*

2019年10月8日第一刷発行

発行者 角川春樹
発行所 株式会社 角川春樹事務所
〒102-0074 東京都千代田区九段南2-1-30 イタリア文化会館ビル
電話03-3263-5881（営業） 03-3263-5247（編集）
印刷・製本 中央精版印刷株式会社

定価はカバーに表示してあります。落丁・乱丁はお取り替えいたします。
ISBN978-4-7584-1343-5 C0093
http://www.kadokawaharuki.co.jp/

第12回 角川春樹小説賞

応募規定

選考委員

北方謙三　今野 敏　角川春樹

主　催

角川春樹事務所

募集内容 エンターテインメント全般（ミステリー、時代小説、ホラー、ファンタジー、SF 他）

応募資格 プロ、アマ問わず、未発表長篇に限る。

賞 100万円（他に単行本化の際に印税）及び、記念品

原稿規定 400字詰原稿用紙で300枚以上550枚以下。
応募原稿はワープロ原稿が望ましい。その場合、ワープロ原稿は必ず1行30字×20〜40行で作成し、A4判のマス目のない紙に縦書きで印字し、原稿には必ず、通し番号（ページ数）を入れて下さい。また、原稿の表紙に、タイトル、氏名（ペンネームの場合は本名も）、年齢、住所、電話番号、略歴、400字詰原稿用紙換算枚数を明記し、必ず800字〜1200字程度の梗概をつけて下さい。なお、応募作品は返却いたしませんので、必ずお手許にコピーを残して下さい。

締切 2019年11月22日（金）当日消印有効

発表 2020年6月下旬予定（PR誌「ランティエ」、小社ホームページ 他）

応募先 〒102-0074　東京都千代田区九段南2-1-30 イタリア文化会館ビル
角川春樹事務所「角川春樹小説賞」事務局

※ 受賞作品の出版化権、二次的使用権は角川春樹事務所に帰属し、作品は角川春樹事務所より刊行されます。映像化権（テレビ・映画・ビデオ・ゲーム等）は、契約時より5年間は角川春樹事務所に帰属します。

※ 選考に関する問い合わせには、一切応じられませんので、ご了承下さい。

※ 応募された方の個人情報は厳重に管理し、本賞以外の目的に利用することはありません。